A sereia e o gavião

Editora Appris Ltda.
1.ª Edição - Copyright© 2024 da autora
Direitos de Edição Reservados à Editora Appris Ltda.

Nenhuma parte desta obra poderá ser utilizada indevidamente, sem estar de acordo com a Lei nº
9.610/98. Se incorreções forem encontradas, serão de exclusiva responsabilidade de seus organi-
zadores. Foi realizado o Depósito Legal na Fundação Biblioteca Nacional, de acordo com as Leis nos
10.994, de 14/12/2004, e 12.192, de 14/01/2010.

Catalogação na Fonte
Elaborado por: Dayanne Leal Souza
Bibliotecária CRB 9/2162

K899s
2024
	Krambeck, Simone
	    A sereia e o gavião / Simone Krambeck. – 1. ed. – Curitiba:
	Appris, 2024.
	        175 p. : il. color. ; 23 cm.
	
	    ISBN 978-65-250-6906-7
	
	    1. Romance. 2. Ficção. 3. Brasileiro. I. Krambeck, Simone.
	II. Título.
	
	                                            CDD – B869.93

Appris
editora

Editora e Livraria Appris Ltda.
Av. Manoel Ribas, 2265 – Mercês
Curitiba/PR – CEP: 80810-002
Tel. (41) 3156 - 4731
www.editoraappris.com.br

Printed in Brazil
Impresso no Brasil

Simone Krambeck

A sereia e o gavião

Curitiba, PR
2024

FICHA TÉCNICA

EDITORIAL	Augusto V. de A. Coelho
	Sara C. de Andrade Coelho
COMITÊ EDITORIAL	Marli Caetano
	Andréa Barbosa Gouveia (UFPR)
	Edmeire C. Pereira (UFPR)
	Iraneide da Silva (UFC)
	Jacques de Lima Ferreira (UP)
SUPERVISORA EDITORIAL	Renata C. Lopes
PRODUÇÃO EDITORIAL	Daniela Nazario
REVISÃO	Katine Walmrath
DIAGRAMAÇÃO	Andrezza Libel
CAPA	Willian Souza
	Kananda Ferreira
REVISÃO DE PROVA	William Rodrigues

Às minhas parceiras de sonhos:

Susan B. Santana,
que coloriu minha alma.

Fran Freire,
que me ensinou a andar nas nuvens.

Um dia conheci alguém que quis andar de mãos dadas, com os pés descalços, na espuma do mar.
Um dia andei descalça com alguém que se importava com as forças da terra.
Um dia construí com alguém um castelo que tinha morada para os pássaros nos visitarem.
Um dia voei ao lado de um pássaro que entendia que voamos com o mesmo par para sempre.
Um dia andei de mãos dadas com alguém que se importava com os castelos dos pássaros que voavam juntos para sempre.

De Simone para Jaci
22/11/22

Apresentação

Acredito que ser privilegiado não depende do berço em que nascemos, da família que nos acolhe, de em que lugar do mundo vivemos, do estudo que recebemos, de nossas cores, das pessoas que nos cercam, das condições econômicas em que nos encontramos, ou de qualquer coisa que pertença ao externo.

Acredito em destino, aquele que se apresenta em nossas vidas sem que tenhamos de forma consciente escolhido. Os rumos que damos e as escolhas que fazemos dependem de conhecer nossos valores, aceitar as decisões, desenvolver resiliência e flexibilidade. Não nos paralisarmos pela indecisão e aceitar que algumas coisas estão além de nosso controle. E que isso determina o quanto podemos ser felizes.

Mesmo que esse destino apresente à nossa frente situações que encaramos como difíceis e que arrancam nossas certezas. Como vivemos em um mundo dual, só seremos capazes de construir nossas felicidades se comparadas às nossas infelicidades. Que possamos perceber que é assim que funciona, e esse é o catalisador de nossa evolução.

A oportunidade de evoluir é que nos torna privilegiados.

A autora

Minha trilha sonora

à Sereia:
"Lenda das Sereias, Rainha do Mar" — Marisa Monte

Ao Gavião:
"Sereia" — Maneva

A Terêncio e meu Mundo Verdadeiro:
"Is This Love" — Bob Marley

Ao Mundo Real:
"A Vida" — Lars-Luís Linek

Aos Guias de Terreiro:
"Quando a Gira Girou" — Zeca Pagodinho

Ao Passado:
"Long Ago Tomorrow" — B. J. Thomas

Ao Amor:
"Infilak" — Gülben Ergen
"How Can You Mend a Broken Heart "— Al Green

Uma Leonina com ascendente em Leão possui todas as características significativas de determinação e força que esse signo carrega. De todas as leoninas você é minha favorita.

Luana Krambeck de Oliveira

Minha mãe sempre diz que os casais, quando se unem, são como diamantes brutos com pontas que machucam, mas com o tempo vão se lapidando e se encaixando até formarem um par perfeito. E com isso me ensinou que tudo na vida é uma constante lapidação para que nos tornemos brilhantes únicos.

Ângela Krambeck de Oliveira

Ela tem seu próprio mundo dentro de um universo único. Seu mundo, ao mesmo tempo que é grande o suficiente para acolher sua inteligência e criatividade, é pequeno e frágil como o planeta do Pequeno Príncipe.

Eduardo Martins e Silva

Bons momentos e Boas memórias.

Mariana Mello Canelada

Crescemos viajando com você em seus mundos, onde aprendemos a criar e viver os nossos, e é com muito orgulho que tenho a possibilidade de viver ao seu lado o nascimento de mais uma de suas obras inspiradoras, mas dessa vez alcançará os mundos de outras mulheres incríveis como você.

Gabriela Krambeck de Oliveira

Sumário

EU E MEU EGO 17

MEUS MUNDOS 21

A SEREIA E O PASSADO 28

A CASA 36

O SURF 40

A FAMÍLIA 43

O GAVIÃO 46

CONVERSAS 51

DIA DE PRAIA 67

NOITE DE FESTA 74

CONFISSÕES 83

DURANTE A SEMANA 90

JOGO ABERTO 97

PROPÓSITOS 108

ENCONTROS 118

CONSTRUINDO 124

MUDANÇAS 137

DECISÕES 148

ENTREGA 153

VIAJAR 163

ESPANHA 169

Eu e meu ego

—Você alguma vez já pensou em escrever?

— Escrever o quê?

—Qualquer coisa, um diário, um poema, uma ideia, ou mesmo um livro, registrar seus pensamentos...

Escrever ajuda a ordenar nossas ideias. Tenho uma amiga que tem dificuldade de falar sobre seus sentimentos com as pessoas, então ela escreve cartas para poder contar o que sente; inclusive, ao invés de discutir com o marido, lhe deixa cartas na mesa ao lado da xícara no café da manhã.

Quando eu era criança minha mãe, apesar das dificuldades em criar quatro filhos, sempre achava jeito para nos estimular a ler, comprava livros em um sebo, e muito cedo nos ensinou o caminho até a biblioteca pública.

Eu ficava encantada com os livros, às vezes até esquecia de comer para não ter que interromper uma leitura. Pensava em como podiam existir pessoas que conseguiam imaginar, criar tanta coisa fantástica, e com generosidade me permitir viajar. A qualquer tempo, me vestir de babados e brocados, com reis e soldados. Ou pilotar naves que poderiam existir tanto no passado como no futuro, por todos os cantos de todos os mundos. E que em uma licença poética abrem as portas de suas vidas, me abraçando com suas intimidades e pudores.

E possibilitam voar junto com o autor e muitas vezes percorrer caminhos que vão além daqueles traçados por sua imaginação. Permitem a você colorir seus mundos e criaturas com as cores que traduzam suas emoções. E ser uma Alice e construir seu País das Maravilhas.

Em uma fase de muita rotina em minha vida, levei seis meses lendo *Ramsés*, eram cinco livros, e com ele vi Moisés crescer e viver todos os seus conflitos junto a seu irmão, o faraó. Convivemos juntos por uma vida, e quando terminei a última página senti por muito tempo a saudade de amigos que se foram, e que ficariam comigo em minhas lembranças por toda a minha vida.

Por isso gostava de ler sempre mais de um livro do mesmo autor, como quem desafia sua capacidade de criar. Hoje adoro livros de autores estrangeiros, de culturas diferentes da minha realidade, e ainda leio vários livros de um mesmo autor.

Sempre me perguntei por que os livros não vinham com trilha sonora, então busquei uma alternativa escolhendo uma música, a predileta do momento, e as escuto repetidamente durante a leitura. Assim um dia ao escutar essa música volto a viver esses lugares tão conhecidos, tão meus, e mais que isso, a abraçar novamente os amigos tão queridos que percorreram comigo esses caminhos.

Se você quiser experimentar, escolha uma que bata no ritmo de seu coração e venha comigo, quem sabe teremos nossa música, e um dia possamos, todas as vezes em que a escutar, nos encontrar.

Como sou do signo de leão, com ascendente em leão, e adoro desafios, com o lema "se alguém pode, eu também posso", mesmo que nem sempre de uma forma profissional, ou com a perfeição necessária, mas o suficiente para alimentar esse famoso ego leonino, aceitei, oferecido por mim mesma, o desafio de escrever e quem sabe ter o privilégio de compartilhar com você um pouco de mim, dos meus mundos e das minhas experiências.

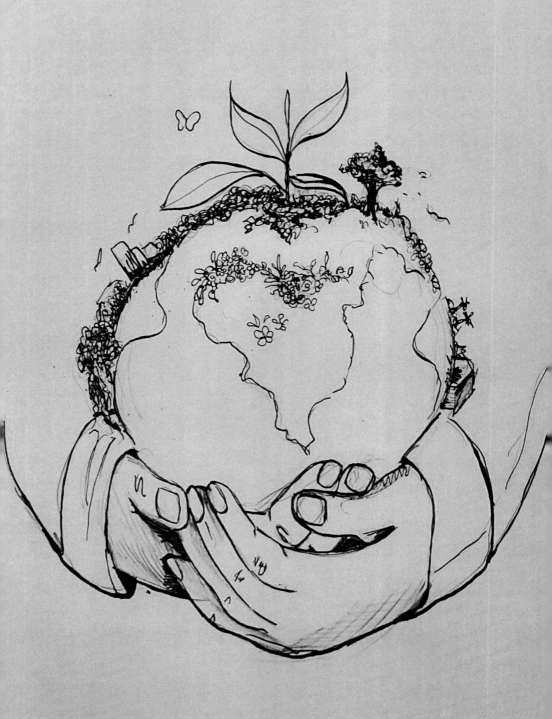

Meus mundos

Gostaria de começar te falando um pouco sobre os mundos onde vivo, e te apresentar a todos que partilham deles comigo. Nosso planeta é a Terra, mas os mundos que ele acolhe são muitos. Podemos classificar esses mundos com diversas denominações, pois eles definem o conjunto das realidades existentes; por exemplo, a ciência classifica a distinção entre os elementos, como o mundo animal, mundo mineral, mundo vegetal, entre outros vários. A psicologia nos fala de nosso mundo interior, a literatura tem o mundo infantil, poderia aqui fazer uma lista imensa de mundos.

Busco olhar nossa existência como que percebendo a concepção desses mundos. Tenho o que chamo de *Mundo Real*, onde moram as pessoas que nos rodeiam. Outro que chamo de *Mundo Verdadeiro*, que é aquele onde reside nossa verdadeira essência ou nossa natureza, o meu é o mar. E um *Mundo Mágico*, que é aquele onde você pode construir seu espaço de paz, e que normalmente chamamos de lar. Ainda transito entre outros, que acesso apenas se necessário e por pouco tempo, o Infantil, dos Sonhos, da Fantasia, das Ilusões.

Todos os seres que habitam esses mundos são dotados de energia e precisam se recarregar através de suas fontes originais, com os elementos que o planeta nos oferece e que funcionam como acumuladores dessas energias. O ar, que nos movimenta, permitindo a capacidade de nos adaptarmos com clareza e compreensão. A terra, que nos permite crescer, fixando-nos, proporcionando raízes a nos manter seguros. A água, purificando e nutrindo nossas emoções, nos capacitando a fluir diante das mudanças necessárias. O fogo, a força purificadora, agindo como catalisador das mudanças, tanto internas como externas. Existem outros, o Éter, o vácuo, mais complexos, estudados dependendo da tradição ou cultura. Quando interligados, e em equilíbrio, contribuem para nossa harmonia e bem-estar.

Hoje vivo basicamente em três desses mundos. O Real, onde estão as pessoas que me rodeiam, as que apenas passam por mim por algum tempo, e aquelas a quem nunca nem vi.

O *Mundo Real*, na maior parte do tempo, tem o controle de nossas vidas, controla tudo, você faz planos, tem sonhos e projetos, mas ele vem de repente, sem pedir, sem ouvir, perguntar ou consultar e te dá algo novo, como te presenteando, e outras vezes arrancando sem piedade o chão desse caminho, onde você, na maior parte do tempo, acredita ser seu esse controle. Agindo com todas as suas forças, esse mundo é dotado de um elemento que chamo de Destino, que entendo predeterminando o curso de eventos e circunstâncias, moldando o curso de nossas vidas, podendo levemente ser influenciado por nosso livre-arbítrio.

O *Mundo Verdadeiro*. O meu é o mar, aonde vou quando bate forte a sensação de que sou estrangeira neste planeta maluco. Nele me recarrego com seus elementos, o sal, a brisa, a força de suas ondas, os mistérios de suas profundezas, e me alimento de todas as energias necessárias para minha sobrevivência. Quando estou no mar, recebo o sustento necessário para que consiga enfrentar a trajetória a qual me propus nesse espaço de tempo chamado vida.

Seus momentos de calmaria me tornam plena para usufruir as alegrias, que somadas formam minha felicidade. E sendo este planeta dotado de dualidade só consigo perceber essa felicidade se me permitir navegar nos momentos de tormenta com ondas de todos os tamanhos, intensidade e duração, ondas que às vezes podem fazer com que o barco perca o equilíbrio, mas que com minha obstinação, ou talvez teimosia, a cada tormenta saia mais forte, às vezes com alguma avaria, mas conhecendo minhas forças e permitindo assim perceber e usufruir a felicidade dos momentos de calmaria.

E por fim: o *Mundo Mágico*, que é o lugar onde estou hospedada e de que hoje saio muito pouco. Um mundo recheado de todas as energias que o planeta oferece, com plantas, sonhos, e com animais. Gatos, cachorro, e pássaros, muitos pássaros, papagaio, bem-te-vis, saíras, cambacicas e colibris. E acredite: tenho um Pelicano. Esses pequenos e sensíveis seres preenchem em minha vida todas as amizades que preciso contemplar.

Encontro na dedicada Kika, esse vira-lata caramelo, a verdadeira concepção de fidelidade. Acompanha-me zelosa nas caminhadas, que deixam de ser solitárias, me olhando sempre como que dizendo: "Não se preocupe com nada, afinal estou aqui".

E os gatos. Tenho o Bob e a Lince, com certeza é sempre necessário mais de um, a nos mostrar nossa insignificância, pois eles, sempre eles, são os donos desse mundo.

E os pássaros. Tenho a Morena, essa tagarela que me enlouquece, me deixando sempre consciente de que nunca estou só. E outros, muitos outros, livres, coloridos, graciosos, recheando minha vida de toda a beleza que a natureza pode proporcionar.

Entre eles tem esse beija-flor, o Tiquinho, que em sua majestosa bondade resolveu me premiar com sua beleza, elegendo minha morada como sendo sua morada. Acalmando meu coração quando se permite pousar em minhas mãos enquanto se alimenta, observando o fundo de minha alma da forma mais sedutora que um ser pode nos presentear.

O Pelicano chama-se Terêncio, mas dele prefiro falar em outro momento, prometo contar. A presença dele me permite uma sensação de que tenho um pedaço do *Mundo da Fantasia* instalado nesse espaço.

No *Mundo Mágico* quem escolhe e decide como quer viver é você. Quando aprende a ver e ouvir o que está ao seu redor e começa a absorver a paz que ali existe, onde a natureza com regras claras e precisas te permite fazer suas escolhas sem sofrimento. Construído por sua escolha, onde a liberdade conquistada te permite incluir o que te apraz, ou tirar a qualquer tempo o que decida não te pertencer.

A casa se transforma em lar, às vezes se assemelha a uma gaiola, cujas portas você pode manter abertas, onde talvez alguns se sintam como prisioneiros, outros se sintam seguros e outros a tenham como seu espaço de conforto.

Transformá-la em um lugar mágico depende apenas da energia de cada um, de sua energia interior irradiando para esse espaço. Como nos sentimos é que dita como esse espaço trará as repostas para o que precisamos.

Como vivemos em um único planeta, é preciso aprender a transitar entre seus mundos. Acredito, e como aprendi, viemos a este planeta com um único objetivo, apenas de nosso próprio crescimento, o que a princípio pode parecer um objetivo egoísta. Aqueles argumentos que usamos, nos escondendo atrás de falas como: "Estou aqui apenas para ajuda minha família", não são verdade. Estamos trilhando nosso caminho apenas, unicamente para nossa evolução, nosso crescimento, mas precisamos lembrar sempre que isso só se dá através do outro. A troca com o outro nos traz experiência, proporciona as alegrias que alimentam nossa felicidade. É ele que aquece nosso corpo, com amizade ou sensualidade, e muitas vezes é o agente que atua para negar nossos desejos, agindo como espelho de nossas imperfeições, para que assim possamos lapidar nossa natureza destinada à evolução. O Real é que nos permite a evolução, o Mágico nos alivia, e o Verdadeiro nos alimenta, onde encontramos forças para enfrentarmos as rasteiras que a realidade caprichosa nos impõe.

Quando busco definir meus mundos, não o faço apenas para ilustrar meus espaços, mas sim para perceber com clareza o que lhes pertence e principalmente não buscar resolver coisas que não lhes caibam.

Entender que dentro do *Mundo Real* não devo buscar como solução para minhas dificuldades as alternativas que me oferecem tanto meu *Mundo Verdadeiro* como meu *Mundo Mágico*, o mar não é o mecânico para a pane de meu carro, mas também, enquanto deslizo por ondas desafiadoras, os problemas com o carro não me pertencem naquele momento. E com isso aprendi a separar o que deve importar dentro de cada momento e espaço em minha vida. Os problemas oriundos de cada mundo devem ser resolvidos dentro deles e com suas próprias forças.

Aprendi a explorar completamente cada espaço e colher seu melhor para me fortalecer nos momentos em que cada um dos mundos pode nos exigir. Colher força, equilíbrio, determinação e sabedoria.

Entre outros mundos que nosso planeta acolhe, e que me fascina, tem o *Mundo da Fantasia*, considerado por alguns o submundo dos Sonhos, que no Real é considerado perigoso, por às vezes absorver parte da realidade, necessária para nossa evolução, e de onde alguns não conseguem voltar, sendo chamados de loucos, por onde transitam com facilidade as crianças e os artistas, que se utilizam dele para poder criar. Um mundo onde não existe nem endereço e nem GPS.

A sereia e o passado

Estou aqui tagarelando com você, te contando sobre meus mundos e sequer me apresentei, então antes de começarmos esta viagem entre eles gostaria de me apresentar.

Meu nome é Vitória. Tenho hoje 56 anos. Uma estatura agradavelmente mediana, com meus 1,62 m de altura, sou uma baixinha descalça, e tenho uma boa altura com um salto 10. Uma estrutura ectomorfa, que me permite comer o que quero e quanto quero.

Mas nunca me preocupei muito com esse assunto, pois por 38 anos tive ao meu lado alguém que fazia questão de sempre me lembrar do quanto eu era "perfeita", e que depois de passados todos esses anos era exatamente a mesma. E eu sabia que realmente lindos eram seus olhos que me viam dessa forma.

Aprendi que dentro de nossa complexidade existem três maneiras de nos percebermos. Como pensamos ser. Como os outros pensam que somos. E o que realmente somos.

O que os outros pensam que sou nunca me interessou muito. Tenho dentro de mim que o que você pensa cabe exclusivamente às suas verdades, experiências e seu querer. Entre o que penso que sou e o que realmente sou, tenho uma característica que se funde em uma só.

Como diz o dito popular: "Dou um boi para não entrar em uma briga, mas compro uma boiada para não sair". Sou passional, de emoções intensas e profundas. Me expresso com muita facilidade, com respostas apaixonadas, às vezes sem muita censura, uso minha voz, meus olhos e minhas mãos ao mesmo tempo.

Por outro lado, como uma contradição, tenho separados dentro de mim o que sente e exige meu coração, e o que dita a minha razão. Com um pensamento aperfeiçoado ao longo do tempo por uma ultracuriosidade existente em mim, uma busca frenética por conhecimento e a paixão pela matemática. Apesar de muitas vezes o calor provocado por um coração acelerado encobrir com densas nuvens o cerne da lógica objetiva. Essa dualidade entre o impulsivo e apaixonado, e o pensar racional e analítico convive com um muro que na maioria das vezes me permite usar os dois ao mesmo tempo.

Tive uma adolescência deliciosa, minha mãe sempre me permitiu viver livre, com nadadeiras fortes; e nadar onde e como quis, na superfície ou nas profundezas desses vastos oceanos, com todos os bônus e ônus que a liberdade exige, por tempo suficiente para registrar muito forte em mim essa forma de viver e que carrego comigo.

A janela pela qual observo a vida, a *chama-piloto* da minha alma, chama-se paixão. Para acordar pela manhã e sorrir preciso estar apaixonada, por pessoas, objetivos, sensações ou sonhos. Esse combustível é o que me permite impulsionar meus propósitos, vivenciar relacionamentos plenos, explorar meus mundos, abraçando suas diversidades, explorar o desconhecido e mergulhar de cabeça na vida.

Desde a infância aprendi cedo a lutar para conseguir realizar meus sonhos, e que o sustento necessário vinha de muito esforço e trabalho. Minha mãe trabalhava em média dezesseis horas por dia para garantir o sustento da família e criar os filhos, e com isso permitir que crescêssemos conscientes do preço de nossa sobrevivência.

Quando criança sempre quis ser professora, minha vizinhança era feito um balaio de crianças de toda a diversidade que o mundo infantil pode proporcionar. Quando tinha 9 anos montei uma *escolinha* em uma peça da casa, que usávamos para brincar, tinha até um quadro-negro. Juntei meus dois irmãos menores e mais quatro da mesma idade e me realizei ensinando-os a ler e escrever. Com direito a caderno, recreio e lanche.

Tenho uma amiga que até hoje conta com muito carinho que aprendeu a ler comigo, mesmo antes de entrar para a escola, e que sua letra é bonita porque o caderno era de caligrafia.

Apesar de ser formada em sociologia, precisei trabalhar a maior parte da vida como bancária, afinal sabe como é o salário de professor. Precisei ajudar com o sustento da família muito cedo, não tive tempo de construir uma carreira.

E hoje, mais para me ocupar do que precisar do salário, dou aula na faculdade local, pois apesar de ser uma cidade pequena tem uma faculdade de humanas, com vários cursos. Me ocupa três noites por semana.

Na arte tenho como hobby o mosaico, sou amadora, mas aprendi com minha mãe, ela sim era uma artista. Por isso minha casa tem mosaico por todos os lados, nos vasos, nos pesos de porta, enfeites no jardim e espelhos.

Meu melhor trabalho é minha mesa, com sereia, tartaruga, conchas, cavalo-marinho e peixes. Muito especial para mim, pois um dia, de repente, ele apareceu em casa com todo o material necessário, me proporcionando as condições e o incentivo para que eu pudesse realizar um trabalho tão complexo.

Com o casamento e a vinda de filhos, naturalmente as lutas se apresentaram, da mesma forma, tenho certeza, se apresentam na sua vida. Era a vida vivida apenas dentro do *Mundo Real*.

Mesmo assim, fui profundamente mimada pela vida. Mas só tomei consciência do quanto fui mimada há muito pouco tempo. Como diz o dito popular: "Só temos consciência do que temos quando perdemos".

Acredite, nem tinha a ver com *"coisas"*, mesmo que muitas vezes fossem usadas artimanhas materiais. E preciso que fique claro que você só mima alguém quando consegue proporcionar seus verdadeiros desejos, aqueles que expresse ou não.

Para você entender o que falo, entre meus mimos existem dois que me são muito preciosos. Já te contei antes que gosto muito de ler, e uma vez em uma ressaca o mar largou na areia uma enorme raiz, devia ser uma árvore muito antiga. Com a ajuda de uma máquina, meu marido levou essa raiz para casa. Mandou esculpir um banco e colocou em meu jardim para que eu pudesse ler.

O outro é o Terêncio, meu Pelicano. Sabe quando você assiste um documentário do tipo "Planeta Animal", e diz: "Olha que Ursinho lindo, queria ter um!". Ou assiste que alguém domesticou um tigre e você queria ter um?

Pois é, um dia fui ao zoológico e próximo à grade estava encostado um pelicano, ele permitiu que eu acariciasse seu pescoço, fiquei tão encantada que todas as vezes que alguém falava em animais exóticos eu sempre repetia que queria um pelicano. Quando nos mudamos para o litoral, não me pergunte como, ele me deu um Pelicano.

Agora preciso te contar quem me proporcionou esses mimos únicos. Falar sobre ele, meu cúmplice por 38 anos, é apenas falar sobre o amor. Amor pela vida, pelas pessoas, amor incondicional. Falar sobre ele é falar sobre a alegria.

Quando nos conhecemos, muito jovens, me apaixonei da forma que apenas os adolescentes conseguem sentir, onde por um tempo você deixa de viver no *Mundo Real* e se transporta ao *Mundo Mágico*. Não o mesmo *Mundo Mágico* que construí para salvar minha sanidade. Este nos é dado de presente, talvez pela divindade, para que possamos, como de trás de uma lente, perceber o que docemente poderemos construir para nossa vida.

Nessa fase fazemos promessas que nem sabemos se poderemos cumprir, mas que desejamos e acreditamos sermos capazes de realizar.

A vida é preciosa para deixarmos de viver cada minuto, todos sabemos isso, mas pouco praticamos. E ele viveu assim, fazia valer cada segundo de forma tão intensa, conseguindo que tudo e todos ao seu redor girassem na vida com toda a intensidade, tirando a todos de seus confortos.

Muitas vezes e de várias pessoas escutei a mesma pergunta; de onde tirei forças por tanto tempo, para enfrentar em pé todas as dificuldades e todos os desafios, que não foram nem poucos nem pequenos. Sempre tive dificuldade em encontrar essa resposta, mas hoje sei de onde vinha essa força.

Era a certeza de ser profunda e apaixonadamente amada.

"te beijar pela última vez foi como dançar com o coração descalço"

Saudades, palavra exclusiva de nossa língua, sem tradução, de difícil conceito.

Ela é avassaladora como uma pancada forte em nosso peito. Nos fala do vazio, como um pote de cristal fino e sensível que pode romper-se e deixar dilacerado nosso coração, com a sensação de que, mesmo que acabe um dia, deixará cicatrizes, que nos ferem sem nos tocar. Nos devasta, pois, além de ser uma dor física, se torna o que sobrou para preencher nosso vazio, colocando-nos em um círculo difícil de romper.

Gostaria de citar um autor de uma sensibilidade poética chamado José Micard Teixeira, em seu livro *O touro que se apaixonou pela lua*:

"[...] encontrei ao teu lado todas as razões para acreditar que o amor pode ser para toda a vida";

"[...] uma vida onde as palavras foram substituídas por retalhos de pele e alma";

"[...] ao seu lado encontrei o que julgava nunca vir a encontrar, um amor feito unicamente de amor";

"[...] um amor que não amo em ti o que julgava ser teu, mas onde amo o que é teu e acreditava ser meu".

Preciso agora me deter em relação a essa história, porque ela faria me perder em um capítulo do tamanho de um livro, e ainda não estou pronta para contá-la. Essa perda recente e dolorosa não me deixaria ter o foco necessário.

Dentro do que acredito, sei que ele está bem, mas me faço angustiada pela vontade, mesmo sabendo ser impossível neste momento, de habitarmos o mesmo espaço.

A casa

Para que possa te convidar a passar um tempo hospedada comigo, te darei meu endereço. Estou em uma nova casa há dois meses, desfrutando da vastidão do mar azul defronte a minha porta, onde a areia fina se estende sob o sol e a brisa traz à minha varanda seu aroma salgado, com tons quentes pintando o céu.

Já moro no litoral há seis anos, e juntos construímos um mundo feito para dois, onde nossas diferenças circulavam em harmonia, lapidadas em anos de convivência. Construída com tijolos fabricados por nossos sonhos e coberta por telhas moldadas em nossa certeza de que juntos podíamos realizar. Mas em um momento nossos sonhos foram roubados, o *Mundo Real* tinha outros planos.

Como em qualquer separação, ele levou metade embora, e estava difícil viver com apenas meio mundo. Então um dia carreguei meus cinco companheiros, minhas lembranças e tudo que era precioso e me mudei.

Hoje minha casa não é grande, mas acomoda todos e tudo de que realmente preciso. Tem na frente uma grande varanda de madeira em que cabe uma mesa de bom tamanho, onde recebo a família e os amigos, trabalho e procuro fazer minhas refeições sempre que o clima permite. Uma rede que balança meus momentos de preguiça, onde me permito *vadiar* sem remorso. E por toda a varanda tenho pendurados vasos, tantos quantos possa dar conta.

Meu quarto tem uma porta de vidro do tamanho da parede, que abre para receber tudo que o mar pode oferecer. E minha cama, em que por capricho fiz um dossel com cortinas de voal branco, apenas para dar trabalho ao vento.

No canto do jardim tem um chuveiro, com direito a deque e cerca alta de madeira em um espaço de dois metros quadrados, e dentro uma bancada que me permite sentar. No verão tomo meus banhos ali, tendo sempre a sensação de que de repente vai chegar alguém e me surpreender, mas ao mesmo tempo garanto sempre a ciência de que dentro do *Mundo Mágico* sou livre e posso fazer o que quiser.

Ao lado do chuveiro tem uma pitangueira, que, mais do que suas frutas, garante sombra para os pássaros, e onde penduro água doce para os beija-flores e frutas para os outros pássaros.

Nos fundos tenho um bom quintal, com uma velha jabuticabeira, amoras e maracujás agarrados ao muro. Fiz uma pequena horta onde garanto sempre salada fresca, temperos e algumas ervas medicinais, que aprendi a manipular com minha mãe, que sempre tinha potes com ervas desidratadas e que chamávamos de "os pozinhos mágicos da vovó Lili".

Também precisei cavar um "lago" de bom tamanho, pois o Terêncio precisava de muita água.

A casa vizinha é daquelas de cinema, toda de vidro na frente, com direito a varanda, do tamanho que daria para fazer uma festa, decorada com sofás, mesa e um lindo balanço. Esse vizinho construiu, cortando a restinga, uma boa passarela e que na praia fica ao lado da casa dos salva-vidas, me proporcionando uma passagem bem confortável até a praia.

Inclusive foi ao lado da casa dos salva-vidas onde instalei meu banco de leitura, pois como pesa uns cem quilos tive a certeza de que ninguém o levaria.

O surf

Tenho uma lembrança de infância, tão remota que às vezes parece que foi um filme que vi, de tão clara e vívida. As imagens, as cores, cheiros e sensações da primeira vez em que estive no mar. Era como se eu e o oceano fôssemos um só.

O que permite que você perceba qual é seu *Mundo Verdadeiro* é a atração magnética, o que te atrai como um ímã e te conecta àquele espaço. É onde você se sente pertencente. É a fusão entre seu corpo e sua alma com a natureza, e alimenta de forma constante seu ser.

Ser abraçada pelas forças das ondas, sentir o tremor das profundezas do oceano vibrando em meus pés, e dançar no ritmo coreografado pelo vento; é onde me sinto absorvida e pertencente a essa paisagem.

Ainda bem jovem a prancha se tornou a extensão de meus pés, como uma longa e forte nadadeira. Foi quando liberdade deixou de ser apenas um conceito para se tornar definição de felicidade.

Mas minha vida, envolta em compromissos e responsabilidades no *Mundo Real*, me afastou por muito tempo.

Poder voltar para o mar era apenas por curtos períodos durante as férias.

Então quando fui morar na praia senti como se voltasse para casa. Enquanto ele pescava, eu surfava.

Depois, quando me mudei para a nova casa, passei a acordar todos os dias com a força desse ímã me atraindo sem permitir resistência. É onde busco toda a inspiração para criar e construir minhas felicidades, e aproveito para deixar tudo que me perturba, ou me coloca em desequilíbrio, onde faço de forma plena meu *religare*, minha conexão com o divino.

Como me levanto cedo, pois preciso de apenas de seis horas de sono, acordo sempre *ligada* em 220 volts, tornando a manhã meu horário mais produtivo. No verão o sol acorda junto comigo, levanto-me e vou para o mar. Você tem ideia do privilégio que é começar o dia apreciando de perto o sol despontando e aquecendo nossos mundos e nossas vidas?

Quando volto me proporciono um café daqueles de hotel cinco estrelas. Para mim essa refeição é a que me sustenta e ao mesmo tempo a mais prazerosa. Fico pronta para o que der e vier.

A família

Da forma como te contei, talvez pareça que éramos apenas eu e ele, mas não é assim, tenho duas filhas e três netos.

A Fernanda, hoje com 37 anos, parecida comigo na aparência, loira de cabelos levemente crespos, apenas os olhos são diferentes, os dela são caramelo e os meus são azuis, mais alta, adepta de esportes e academia, hábito estimulado pelo namorado, que é personal trainer, que aplaude entusiasmado os esforços dela. Gosto muito dele, pois faz minha filha feliz, ele chama-se Vladmir, mas todos o chamamos Vlad.

As semelhanças acabam na aparência, pois a personalidade e forma de pensar fazem parecer que foi *feita* apenas pelo pai. Arrojada, festeira, empreendedora, a vida é feita em fazer acontecer.

Como seu trabalho é todo digital, lhe permite morar onde queira. Pouco tempo depois que mudamos para o litoral, ela veio. Um dos motivos foi o vínculo que meu neto mais velho tinha com o avô. Lucas hoje tem 18 anos.

A outra se chama Beatriz, a Bia, ao contrário da irmã é parecida com o pai, com olhos profundos e sorriso leve, mas é o jeito da mãe, mais reservada, ama plantas, estudiosa, hoje tem 33 anos. Saída de um casamento tumultuado, me proporcionou duas netas, que chamo de "minhas coelhinhas". A Laura, com 7 anos — enxergo minha infância quando a observo, magra e esguia, com uma energia sem fim, digo sempre que a bateria dela é "Duracell", minha parceira no surf e tem também no mar seu *Mundo Verdadeiro*. E a Bianca, com 13, reservada, concentrada, herdou de mim o amor pelos livros, já tem em seu quarto uma biblioteca que faria inveja a muitos adultos. Madura além de sua idade.

Quando o pai ficou doente, Bia mudou-se para perto de nós. São mulheres muito fortes, independentes e que enfrentam de forma *guerreira* todas as dificuldades que o *Mundo Real* exige e impõe.

Tenho ainda duas amigas, a Sandra e a Jaqueline, que fazem parte da minha vida, como apenas duas irmãs poderiam ser, e que você terá a oportunidade de conhecer depois.

Minha família e minha religião foram o que, juntas, me sustentaram. Permitindo que estivesse aqui hoje e pudesse te convidar a percorrer comigo esta nova jornada.

O gavião

Agora que você sabe onde moro e me conhece um bom tanto, acredito que esteja mais à vontade para passar um tempo hospedada comigo e compartilhar o que vem pela frente.

Acreditava que, depois do que passei, minha vida estaria apenas limitada a transitar entre meus mundos de forma rotineira. E gostava da segurança que isso representava.

Mesmo quando mais jovem, nunca fui muito adepta de *agito e baladas*, e para equilibrar meu gosto pelo sossego e a vida cheia de pessoas, muitas pessoas, entre o *freio e o acelerador*, eu o tinha, festeiro, sempre rodeado de pessoas, um ótimo dançarino, e com quem aprendi a dançar.

Achava que meu coração ficaria fechado para sempre, com as cicatrizes que lembravam sempre de minha vulnerabilidade, moldando meu modo de encarar novas possibilidades. Sempre armada com um escudo cuidadosamente construído.

Como colocar em minha vida alguém que fosse "menos"?

Inteligente sem ser *nerd*.

Comunicativo sem ser *chato*.

Carinhoso sem ser *grudento*.

E citando Vinícius de Moraes: "Os feios que me perdoem, mas beleza é fundamental".

Então deixei aquele coração quebrado de lado e procurei não pensar muito nisso. Mas, como no *Mundo Real* não somos nós que mandamos, mais rápido que imaginava apareceu um *tornado* que virou minha pacata vida de *pernas pro ar*, como um vento furioso, trazendo pensamentos e sentimentos que acreditava não permitir entrar.

Com a maturidade aprendi a me desviar de situações e artimanhas que pudessem pôr em risco a tranquilidade e o equilíbrio que vinha construindo.

Desses acontecimentos que sempre o *Mundo Real* nos proporciona e que nesse caso era algo novo, uma nova oportunidade, mas que também arrancava o chão de minhas certezas, inesperado e assustador, ao mesmo tempo gostoso e quente. E estava mais perto do que eu imaginava.

Um tornado que invadiu minha vida sem pedir licença, adentrando todos os meus mundos, inclusive me permitindo transitar por esse mundo perigoso, o da *Fantasia*. Perigoso porque se instala absorvendo parte do *Mundo Real*, que apesar de cruel é ele que nos permite evoluir. Invadindo nossos sonhos, pensamentos e sentimentos. Desafiando a me desnudar novamente, com todos os riscos e possibilidades que a nudez nos impõe.

Vou te contar um pouco sobre esse *tornado.* Ele é o meu vizinho, e mora na casa com vidros e varanda, aquela que parece de cinema. Tem 47 anos, e chama-se Aslan. Trabalha com fazendas de ostras, atividade que lhe proporciona um bom conforto material.

Deve ter ao menos 1,85m, sua presença reflete o esforço que se impõe com dedicação nos cuidados com seu corpo e sua saúde, mas o que chama a atenção é seu cabelo, muito negro e farto, em contraste com a pele clara, com olhos da mesma cor do cabelo. Corre todas as manhãs na praia, pratica kickboxing, e tem acompanhamento de um *personal trainer*.

Se Sandra estivesse aqui, diria: "Esse tem presença!".

Como dizem os mexicanos, ele é "*guapo*". Aquele tipo que sempre acreditei ser "*um peixe que não é para meu bico*". Tanto que a primeira vez em que o vi nem me dei ao trabalho de olhar duas vezes.

Com um olhar determinado e atitudes persistentes, ajustando suas estratégias com resiliência e obstinação, conquistou sua liberdade e autonomia tanto no emocional quanto em sua vida profissional.

Suas fazendas de ostras cresceram embasadas nessa determinação e com trabalho árduo para alcançar suas metas. Esse perfil lhe proporcionou condições para dar conforto a seus pais, permitindo trazer junto de si sua família. O pilar fundamental de seus valores.

Os pais vieram logo após o acidente de carro que causou a morte prematura de sua esposa há quatro anos, deixando Aslan com a responsabilidade de criar sozinho seu único filho adolescente.

Costurando e cicatrizando em seu coração algo que sua natureza determinada ainda não conhecia: permitir-se observar de forma aberta as possibilidades de se reconstruir emocionalmente.

O acidente fechou um ciclo de um casamento que se arrastava em um campo de batalha marcado pela desconfiança, envolvido em uma teia de mentiras e enganos. Como o rio que desvia seu curso, sua confiança se perdeu caminhando por ruínas de promessas esquecidas. E ele construiu ao longo desses anos um muro difícil de transpor para que o novo pudesse se instalar. Permitindo apenas relações frívolas e por curto tempo.

Ele acorda cedo, e do segundo andar, pela janela de seu quarto, Aslan percebe já há alguns dias uma mudança na paisagem, uma figura nova, a alguma distância no mar, como se fosse um aplique desprovido de detalhes, um surfista solitário.

Veste-se e desce para um rápido café, e antes de sair para correr o surfista some como se fosse apenas uma miragem, que volta a aparecer novamente todas as manhãs.

Em outro dia ele resolve correr mais cedo, ia viajar naquele dia, e quando voltava eu estava saindo do mar, foi a primeira vez que nos vimos.

Quando nos aproximamos eu o cumprimentei. Tenho esse estranho hábito de cumprimentar as pessoas que ao passar me olham, mesmo que sejam desconhecidas. Ele se surpreendeu ao ver que era uma mulher.

Uma manhã o filho vai até seu quarto. Aslan estava observando a surfista.

— Pai, me dá uma carona hoje? Meu carro está na oficina.

— Dou, sim. — E sem desviar o olhar da janela perguntou ao filho: — Enzo, você já viu que tem uma surfista que vai para o mar todos os dias?

— Sim, é nossa vizinha, minha professora de sociologia na faculdade, ela se mudou há pouco tempo.

Conversas

O destino, essa sucessão inevitável de acontecimentos, à qual nenhuma pessoa pode escapar, mediando nossos impulsos inconscientes, agia criando novas oportunidades de nos encontrarmos.

Dentro de minha rotina gostava de ler, ouvir música e aproveitar a brisa do mar no entardecer. Com uma confortável almofada, sento-me em meu banco instalado na areia, onde essa peça de madeira já carregada de lembranças e emoções começou a construir novas memórias.

Em uma tarde nos encontramos. Aslan já estava lá quando cheguei. Considerando ser meu esse espaço, sequer pedi licença e me acomodei. Tirei meu livro e antes de pôr os fones de ouvido ele falou comigo.

—Vejo que costuma vir sempre aqui. — E fingindo ainda não saber, me perguntou: — Mora perto?

Eu, em um gesto quase automático, apontei em direção ao mar.

—Moro ali. — E juntando meus pés e esticando as pernas para a frente completei: — Não vê minhas nadadeiras? Sou uma sereia, então moro ali.

— Sua casa é ali? — ele disse achando graça.

—Ali é de onde venho, minha morada verdadeira, mas estou hospedada temporariamente ali. — E sem me virar apontei em direção à minha casa.

Ele, entrando na brincadeira, disse:

— Estou hospedado ao lado, minha casa é vizinha à sua.

— Hospedado, sim, mas se observar direito vai perceber onde é sua verdadeira casa.

— Como assim?

— O que determina isso é o que você entende como sua principal qualidade. Sabe aquilo que você não *abre mão*, que tem a facilidade de aprender ou lidar, enfim, a sua verdadeira natureza?

— Tenho em minha vida algumas "palavras de ordem", antes de tomar qualquer decisão me pergunto se essa decisão está de acordo com isso. Uma das mais importantes é liberdade. Não apenas de poder ir e vir, mas a de poder retroceder a qualquer tempo. Nada que possa ter amarras, que dificulte a possibilidade de mudança. Por isso analiso bem antes de fazer qualquer escolha em minha vida.

— Livre e observador? Apesar de apenas você saber qual seu mundo verdadeiro, acredito ser ali seu mundo verdadeiro. — eu disse apontando para o céu.

— Então seremos a sereia e o gavião, certo?

Ambos rimos dessa conversa.

— Bem, agora preciso ir. — E já saindo, sem se virar para trás, disse: — "Ben çok ilginçsim".

Mesmo sem entender a última palavra (que significa interessante), conheço um pouco de turco e reconheci o "Bem çok", que é "Você é muito", então respondi:

— "Sem de" ("você também").

Ele se virou, apenas me olhou e foi embora, e eu fiquei rindo da situação.

Continuamos a nos encontrar de forma rápida pela manhã, normalmente eu saindo do mar e ele começando sua corrida.

Então ele começou a correr mais cedo? Cometi o erro de me perguntar se não seria de propósito, e automaticamente acendeu em mim uma *luz vermelha*, como que tentando me alertar para o perigo que esse pensamento representava. Afinal tinha me proposto a não criar expectativas que pudessem me machucar nesse momento tão frágil de minha vida.

Em um final de semana acredito que esse aviso apareceu para ele, pois uma situação nova fez aumentar a sua curiosidade.

Todas as manhãs, quando volto do mar, lavo minha prancha e tomo um banho no chuveiro do jardim, visto um de meus vários e confortáveis vestidos de algodão, e nem visto roupas íntimas para manter sempre a sensação de que estou nua, lembrando-me de que posso ser livre dentro desse meu espaço mágico.

Tomo meu café e alimento aquela turma faminta que mora comigo. Ração, água doce, frutas e peixe. E é nessa hora que trago Terêncio para o jardim.

Ganhei-o bem jovem, por isso se acostumou rápido com minha presença. Aceita meus carinhos e pede comida batendo o grande bico, que faz um som bem curioso. Alimento ele com peixe, que ganho de um amigo pescador.

Estou ensinando-o a dançar, coloco música, ele adora *Reggae*. Levanta as patas como quem marcha, fazendo seu corpo balançar parecendo que dança rebolando. Divirto-me dançando com ele.

Então percebi que Aslan me observava da varanda de sua casa. E ele me acenou.

Nesse mesmo dia estava na praia lendo e ele veio me ver. Sentou-se ao meu lado com uma garrafa de vinho e duas taças.

—Quer vinho? — ele perguntou me estendendo uma taça.

Como havia tirado meu fone de ouvido, ele percebeu que eu escutava *Reggae*.

—Você gosta bastante de Reggae, não? Hoje pela manhã te vi dançando com um pelicano, nunca conheci alguém que tivesse um como animal de estimação. E nem tinha ideia de que pelicano sabia dançar.

Então ele novamente sorriu com aquelas *covinhas* que faziam com que os olhos também sorrissem de uma forma tão sedutora que precisei olhar para a frente, tentando não gravar essa imagem. Sabia que isso ainda viria perturbar meus dias. A *luz vermelha* acendeu novamente.

—O nome dele é Terêncio, foi um presente, mas isso é uma longa história. Meus animais são hoje meus melhores amigos, e com eles pude construir em minha casa um *Mundo Mágico*, onde só permito que faça parte dele apenas pessoas inteiras. Pessoas que não se deixam entrar por inteiro não têm acesso a esse meu mundo.

—O que é um *Mundo Mágico*? E o que são pessoas inteiras?

—Bem... Em uma lista de sobrevivência temos: respirar, comer, dormir, e para mim incluo estar apaixonada, e nesse espaço encontro todos os ingredientes de que necessito para que isso ocorra em equilíbrio e harmonia. Para você entender melhor, tenho gatos que me lembram sempre quem é o dono desse mundo, um cachorro que me diz que a amizade pode ser incondicional, um papagaio que me mostra que nunca estou só, pássaros que preenchem esse espaço com muita liberdade fazendo com que me sinta livre como eles. E quando vou surfar me lembro de qual é minha verdadeira casa, que ali não sou estrangeira, e que todo o espaço do oceano, da superfície às suas profundezas, é meu e plenamente livre. E por fim um pelicano que torna meu mundo realmente mágico. Por isso apenas pessoas inteiras podem conviver comigo. E fora dali tem um *Mundo Real*, onde você não tem o controle de nada. Onde para sobreviver você é pressionado a seguir regras, às vezes cruéis, que limitam seus quereres, seus sonhos e projetos, e até mesmo seus valores. Limites recheados de tabus e preconceitos. Consegui explicar?

— É coerente, e você tem muita sorte, não tenho dois mundos para transitar, vivo apenas no *Mundo Real*, e concordo que muitas vezes seja cruel. Atualmente não posso fazer diferente. Tenho responsabilidades e deveres que tomam todo o meu tempo.

— Uma vez me disseram que tempo é uma questão de preferência.

— E você acredita que prefiro que seja assim? Não é essa a questão, as regras e as necessidades do mundo real não permitem.

— Outras formas de viver você constrói aos poucos, mas, se não começar logo, mais adiante vai entender que o tempo perdido não retrocede, pois no *Mundo Real* o tempo é contado de forma linear. Posso te dar uma dica, um exercício para que você possa começar a perceber as possibilidades de construir uma nova perspectiva?

— Claro que pode.

— Comece trocando, eliminando de seu dicionário, as palavras *posso* — *não posso, devo* — *não devo, tenho* — *não tenho*, apenas pela palavra *quero*. E não tem a ver com ideias de autoajuda, ou o poder do querer. É exclusivamente para você perceber como o que você diz é a sua preferência. E, se praticar com a fala das pessoas, vai perceber mais claramente o que elas querem te dizer, o que realmente pensam.

— Você não vive nunca no mundo real?

— Não se preocupe, não sou a vizinha maluquinha, lógico que também vivo no *Mundo Real*.

— E o que faz no *Mundo Real*?

— Atualmente faço coisas que quero experimentar e me proporciono a oportunidade de buscar pessoas inteiras. Por muito tempo vivi como você, apenas no *Mundo Real*, onde garanti meu sustento, formei família, evoluí como pessoa, coisa que apenas o *Mundo Real* permite.

— Não me queixo da minha vida, consegui construir um conforto que poucas pessoas têm o privilégio de ter. Posso conviver com meus pais e tenho um filho.

— É verdade, chamo isso de compensações do *Mundo Real*. Dou aula na faculdade. Sou socióloga. E esse trabalho encaro como uma das compensações, sempre quis dar aulas, mas tive que trilhar outros caminhos. Trabalhei em banco até poder me presentear com esse regalo na vida, e tenho a família dentro dessas compensações.

— Você podia *matar* uma curiosidade minha?

— Depende do que seja, pois enquanto não se tornar pessoa inteira receberá o mesmo tanto que me dá.

— Você fala turco?

Ri novamente lembrando a situação.

— Apenas um pouco, na verdade falo bem o italiano, minha língua materna.

— E o turco por quê?

— Tenho muito carinho por esse povo pela convivência com uma família turca que foi muito importante em uma época difícil de minha vida. Não apenas a língua, mas também seus costumes, tradições e principalmente a comida deliciosa. Por isso foi o suficiente para entender o seu "você é muito". E achei que a resposta "você também" serviria, mesmo não sabendo se a outra palavra era um elogio ou não. Apenas retribuí.

— Muito esperta você, vou tomar mais cuidado em fazer isso outra vez. Falo turco fluente, meu pai nasceu na Turquia e minha mãe na Itália, vieram para o Brasil logo após se casarem. — Então, consultando o relógio, me disse: — Agora preciso ir, quer dizer, quero ir. O *Mundo Real* me solicita. Realmente trocar as palavras muda muito o que dizemos. Até mais, minha sereia!

— Até mais, meu gavião!

Ele se foi sem levar as taças, foi de propósito ou foi sem querer?

Enquanto se afastava, Aslan refletia se perdendo em alguns pensamentos: "O que realmente estou fazendo com minha vida?". Nesse momento a *luz vermelha* dele acendeu, e distraído nem percebeu. "Acho que preciso falar com Fábio."

Fábio é seu amigo desde o tempo do ensino médio. Tem uma natureza leve e alegre. Aslan adora sua franqueza, e suas conversas vão além das frivolidades. Como Fábio se formou em psicologia e tem uma percepção apurada e empática aos sentimentos das pessoas, suas conversas com Aslan se tornam verdadeiras sessões de terapia.

Sempre que possível, após as corridas pela manhã se encontram em uma confeitaria próxima para colocarem a conversa em dia. Na manhã seguinte, antes de começar a corrida do dia, foi até a passarela que dá acesso à praia e esperou sua sereia sair do mar.

Quando saí o vi de longe e meu coração acelerou, isso me preocupou. Sabe quando um carro acende uma luz no painel, isso é apenas um alerta, mas quando ele começa a ter dificuldade em funcionar mostra a você onde está o que você precisa urgente resolver.

Aproximei-me e percebi que ele sorria. Ele disse.

— Bom dia, minha sereia, o mar está bom hoje?

—O suficiente para deslizar em algumas ondas — respondi.

— Gostaria de tomar um café comigo?

— Agora? — respondi.

— Faço minha corrida e passo em sua casa, vamos à confeitaria?

Meu sensor de perigo acendeu, e o melhor conselheiro de meu propósito, o de não me machucar nesse frágil momento, gritou alto dentro de mim: cuidado!

Automaticamente respondi:

—Hoje não posso, tenho um compromisso esta manhã.

E nesse momento, como que entorpecida pelas batidas do meu coração, que discutia fervorosamente com meu *bom senso*, completei a frase com:

— Mas, se quiser, amanhã pode tomar um café em minha casa.

— Combinado então, até amanhã.

Não consegui nem responder.

Quando Aslan chegou na confeitaria, Fabio já estava sentado, segurando uma boa xícara de café, e acenou com sua alegria matinal.

— Senta! Senta! Está com uma *cara* animada, como quem tem novidades.

— Você não perde uma, hein?

— Fala logo, que tenho paciente marcado às nove horas.

— Te conto então, é sobre a vizinha surfista que te falei outro dia.

— O quê? Novo *alvo*? — Fábio disse sorrindo.

— Não é isso, *cara*!

— Quer enganar quem?

— Só estou intrigado, ela nem faz meu tipo.

— Está dizendo que está intrigado, mas nem faz teu tipo e nem é um alvo?

— Você já vai entender, acredita que ela tem um pelicano?

— Um pelicano, a ave de verdade?

— Sim, fiquei curioso e ontem peguei um vinho e fui até ela, à tarde ela costuma ler em um banco, feito de um tronco de árvore que ela mesma colocou lá, perto da casa de salva-vidas. Mas a questão não é nem o pelicano, nem aquele banco entalhado, e sim a forma como ela fala. Quando perguntei onde morava me respondeu: no mar. Afinal ela é uma sereia. No começo pensei que era apenas uma maluquinha, mas logo entendi que era apenas uma analogia. Ela divide os espaços da vida dela fazendo analogias aos mundos por que transitamos. Uma forma interessante de ver e viver.

— Já me interessou, você sabe que gosto de formas diferentes de ver e explicar as coisas — comentou Fábio.

— Mas o que quero falar sobre ela nem é isso. Sabe isso que você faz quando parece que sabe o que estou pensando?

— Que idade ela tem?

— Não sei. É mais velha do que estou acostumado.

— Cuidado, mulher madura é perigo constante.

— Ela tem uma coisa que me desconcerta.

— Desconcerta você? O *cara* que está sempre no controle?

— As mulheres que conheço são sempre muito transparentes, com gestos que muitas vezes até parecem ensaiados, previsíveis. Mas quando ela fala comigo, e mesmo quando estou respondendo, ela nunca desvia os olhos, de forma fixa, parece ler meus pensamentos. Suas expressões são suaves, e mesmo quando sorri não consigo saber se sorri comigo ou de mim. Na maioria das vezes prefiro deixar que ela fale, parece que de repente vou dizer besteira, como se fosse um adolescente.

— Lembre-se que você não está lidando com uma menina. E parece que ela sabe o que e como conseguir o que quer. Tá! E o pelicano?

— Hoje quando vinha te encontrar a convidei para vir junto, não podia, mas me convidou para tomar café com ela amanhã de manhã. Quer vir? Pergunto a ela se concorda.

— Veja se ela aceita e me avise. Tenho que ir — disse consultando o relógio.

Durante aquele dia não conseguia me concentrar. Meu *bom senso* apenas repetia...

— Você viu o que fez?

— Não te avisei?

— Por acaso acha que ainda tem 15 anos?

— De que adianta ter propósito se age desse jeito?

Até tentei fazê-lo se calar, mas tenho um *bom senso* experiente, que não desiste fácil, é chato e teimoso.

Já há algum tempo estou montando um mosaico, um quadro de um Cavaleiro Templário, deixo sempre todo o material espalhado em cima da mesa. Tentei me concentrar montando o quadro na tentativa de me distrair, mas não adiantou.

Confesso que acordei na manhã seguinte um pouco agitada, mesmo assim peguei minha prancha e fui para o mar.

Brincava com possibilidades, alternativas que pudessem fazer com que ele não aparecesse.

— Talvez ele esqueça.

— Quem sabe tropeçou e quebrou o dedinho do pé...

— E se a porta do quarto emperrou e ele não conseguiu sair?

— Ou se um pedaço de um satélite cair no jardim dele?

Mas não foi assim, quando saí do mar lá estava ele me esperando, e de pronto me cumprimentou:

— A água estava boa hoje, minha sereia?

— Sempre boa.

E com a mesma expressão de gato pidão que o Bob faz quando quer que lhe dê um petisco extra, perguntou:

— Todas as manhãs tomo café com um amigo, seria inconveniente se ele viesse comigo?

Na hora pensei: "Quando você pede o universo conspira a seu favor. Não foi um satélite ou um meteoro, mas um amigo já ajuda a distrair".

— Lógico, sem problema, será um prazer — respondi.

— Ótimo, chegamos em meia hora, tudo bem?

Nem precisei caprichar na mesa de café, afinal sempre faço variado, com suco, frutas e geleias, e como já disse, além da mais importante, é minha refeição predileta.

Quando chegaram estava tudo pronto, e tenho uma máquina que faz café com aquelas cápsulas que permite ter sempre uma boa variedade.

Só faltava alimentar o Terêncio. Eles chegaram logo depois que havia aberto a porta dos fundos. Entraram quase ao mesmo tempo, eles pelo portão e Terêncio, majestoso, saía pela porta da cozinha.

Fábio com uma expressão de surpresa parecia uma criança pronta a bater palmas ao ver um brinquedo novo.

— E não é verdade? É mesmo um pelicano! — E olhando para Aslan completou: — Achei que você estava *zoando* comigo!

— Vão querer peixe no desjejum? Porque parece que vieram apenas visitar o pelicano.

— Aslan pode ter vindo por outros motivos, mas eu confesso que estava muito curioso.

— Não se preocupem, tenho comida para todos.

Fábio se apresentou, e quando disse que meu nome era Vitória, Aslan me deu a mão e disse:

— Você se chama Vitória e eu me chamo Aslan, é um prazer conhecê-la, minha sereia.

Gostei de Fábio de pronto, sorridente, amável e espirituoso, se apresentou beijando meu rosto, passando aquela sensação de estar revendo um velho amigo.

A essa altura a Morena já estava acomodada nas costas de uma cadeira e gritou: "Café!", como quem convida a sentar.

Procurei deixar claro que só permito em minha mesa quem está à vontade para se servir.

Enquanto eles se acomodavam pedi licença e fui buscar peixe para alimentar Terêncio, que estava faminto, e deixava isso bem claro fazendo muito barulho.

Aslan parecia mais um observador, intercalando entre beber o café e olhar para mim. Que o percebi como algo perturbador e delicioso.

Gostei da forma como Fábio conduziu conversa. Encantado com Terêncio, tive a oportunidade de lhe contar que havia sido um presente de meu marido. Contei a eles que além do Terêncio e da Morena eu tinha outro pássaro, o Tiquinho, mas que eles não teriam o prazer de conhecer, pois era um beija-flor fêmea e que nessa época estava no ninho com seus filhotes. Fábio, encantado ao saber que ele se alimentava em minhas mãos, perguntou:

— Você por acaso é uma encantadora de aves?

— Não, apenas essa é a natureza deles, a confiança é o elemento da convivência e eles compõem esse *Mundo Mágico* que construí.

— Aslan me falou um pouco sobre seus mundos e gostei dessa forma de ver a vida. Como terapeuta, novas maneiras de descrever a vida são uma riqueza.

Nessa hora não resisti, retribuí o olhar de Aslan e disse:

— Como um bom morador de cidade pequena, já foi fofocar sobre a nova vizinha?

— Acho que vai ter que se explicar — disse Fábio rindo.

— Acredito que um pelicano que dança Reggae é um bom assunto para fofoca — respondeu Aslan escapando da pergunta.

— Não falava do pelicano, e sim dos meus mundos.

E ele apenas riu e piscou sedutor, me desconcertando. Fiquei sem resposta.

Com toda a habilidade que a profissão proporcionava a Fábio, ele mudou de assunto descontraindo a conversa.

Como meu trabalho de mosaico estava espalhado na ponta da mesa, Aslan perguntou:

— É o desenho de um Cavaleiro Templário. O que vai fazer com esse material?

—A princípio ia fazer um mosaico tradicional com cacos de cerâmica, depois mudei de ideia e decidi fazer um trabalho misto, já tem dez anos que estou buscando e juntando materiais diferentes.

— Dez anos? É tempo, hein?

— Escolher o material é que dificultou, precisei de cerâmica fina para a roupa, couro de peixe para a capa, malha de argolas para os ombros, madeira balsa para esculpir o elmo, a espada e o escudo, e outros materiais para os detalhes, demorou em escolher o material, mas agora já tenho tudo.

—Vai pôr em sua casa? — perguntou Fábio.

— Não. Era para ser um presente para uma pessoa especial e para pendurar em um lugar mais especial ainda. Ele se foi, mas o lugar ficou. Então decidi terminar. Na verdade, não é um Cavaleiro Templário. É um Ogum, para um terreiro de Umbanda.

Fábio sorriu.

— Agora faz sentido. Gosto muito, mas acho que isso terá que ficar para a próxima.

Por ser uma refeição matinal não nos permitiu ficar mais tempo.

— Você me permite voltar? Gostaria muito — disse Fábio se despedindo.

— Aslan sabe que dentro de meus propósitos permito que apenas pessoas inteiras façam parte de minha vida, e com certeza vou gostar que volte.

— Pessoas inteiras?

— Isso também é um assunto para outro dia — eu disse provocando-o.

— E eu, por enquanto te encontro em teus outros mundos — disse Aslan me beijando no rosto.

Dia de praia

Era sábado, acordei e fui até a porta de meu quarto, no horizonte o céu ainda se fundia com as cores do mar em um espetáculo etéreo, prometendo um dia em que o sol não contava com nuvens para se esconder.

Mesmo com toda a beleza silenciosa me sentia pesada, mas não me surpreendi, afinal o tempo contado de forma linear só acontece no *Mundo Real*, mas o espaço mágico que habito me permite não contar o tempo.

A desvantagem disso é que o passado e o presente acontecem no agora, proporcionando intensificar sensações e sentimentos e fazendo com que os acontecimentos de um ano atrás, o dia mais difícil que precisei enfrentar em minha vida, o dia da despedida de metade de mim, dessem a sensação de estar acontecendo no tempo de agora.

Apesar de raramente lembrar meus sonhos, tive uma noite difícil, acordei várias vezes, intercalando sonhos. As imagens do corredor do hospital e ele com passos lentos e cansados caminhando de costas para mim. E eu naquele momento não me permitindo perceber que esse era o dia de nossa despedida. Sonho que se revezava com um espaço vazio, e eu sentada em um canto abraçada em minhas pernas com a sensação de que esse vazio nunca acabaria.

Como diz um lindo fado português:

"Assim é a vida, a vida é assim";

"O meu destino, saudades sem fim";

"A minha vida cheia de surpresas, inseguridade e incertezas";

"Eu quero saber o que fazer, entre o sofrimento e o prazer".

No dia anterior Lucas apareceu em casa para ficar comigo no final de semana. Minhas netas sempre brincam dizendo que ele é meu predileto. E como não ser ele. Sempre sabe o que preciso, e como uma miniatura do avô, continuo recebendo doses de agrados e mimos. Com uma natureza generosa, não poupa carinho. Não importa a distância, seus braços de "*homem elástico*" *sempre* me alcançam, e seus abraços têm a maciez de almofadas de veludo. Quando beija meu rosto, nunca é apenas um, são sempre muitos.

Além de Lucas, duas pessoas inteiras que fazem parte de minha vida, a Sandra e a Jaqueline, também vieram. Atraídas como ímãs me oferecendo conforto, remando comigo nesse momento de tormenta, segurando minhas mãos e não me permitindo afundar.

Não fui surfar, mesmo sentindo falta da rotina de minhas manhãs, inclusa a pergunta: "Como está o mar hoje, minha sereia?", já incorporada a essa rotina.

Procurei garantir um café caprichado, afinal pessoas alimentadas são pessoas felizes.

No início da tarde chegaram as filhas com os namorados, e em comissão de frente as duas serelepes, misturadas com a gritaria que fazia a Morena, e a Kika pulando sem parar. Sentia como se fosse uma multidão invadindo meu mundo.

Mal chegaram e começaram a montar acampamento na praia, com direito a barraca, cadeiras, pranchas, raquetes e um cooler cheio.

Todos já estavam na praia, e eu me aproximei com minha prancha. Laura, apesar de ter apenas 7 anos, já estava bem firme em cima de sua prancha me esperando. Quando cheguei ela veio correndo.

— Vitória, vem surfar comigo!

Aqui gostaria de pausar um pouco para te contar. Quando minhas filhas nasceram eu trabalhava na Prefeitura de Curitiba como administradora de creche. Elas cresceram lá comigo. Como as crianças me chamavam pelo nome, elas aprenderam a me chamar pelo primeiro nome. E eu permiti.

Quando ficaram maiores, para nós isso era normal. A mãe era apenas Vitória. E eu era muito criticada por isso, diziam ser falta de respeito, mas minha resposta era sempre a mesma.

— Prefiro "Vitória, por favor" do que "mãe, não me encha o *saco*". O respeito não está no sujeito da frase, mas sim no adjetivo qualificativo que sucede.

Voltemos à praia.

Rodrigo, namorado de Beatriz, me abraçou.

— Senta um pouco aqui ao meu lado, minha sogrinha predileta! — Uma brincadeira que costuma sempre fazer.

O que esperar de um encantador menino de 22 anos, onze anos mais novo que Bia? E apesar de ele ter a idade de um menino era tudo o que ela precisava para se reconstruir depois de um relacionamento tão tóxico como o que viveu com um marido abusivo.

Apesar de a praia estar relativamente vazia, muito próximo à nossa barraca estavam instaladas outras duas. Onde estavam muitas pessoas, umas vinte. E nesse momento meus olhos cruzaram com os de Aslan, sentado em uma cadeira na ponta oposta à minha.

Insegura, não me atrevi a cumprimentá-lo. Ao seu lado sentava uma loira de uns 35 anos que parecia saída da capa de uma revista diretamente para a praia. Ela sorria muito à vontade ao seu lado e mantinha a mão em seu braço enquanto falava.

Nesse momento eu estava com Lucas, como sempre parecendo um polvo de oito braços agarrado em mim, e quando Enzo se aproximou, Lucas me disse:

— Hoje é o aniversário do Enzo.

Como que apertando as cordas do destino, Enzo, além de filho de Aslan e meu aluno, havia se tornado amigo de Lucas no último ano. Estavam na mesma turma de direito da faculdade.

Enzo veio na minha direção, então abri meus braços e disse:

— Vem aqui, meu lindo, que hoje é dia de beijo!

Percebi que algumas pessoas na barraca de Aslan olhavam para nós e faziam comentários. Apesar de não ouvir o que diziam, tinham nitidamente expressões de desaprovação. Não tive tempo de me deter com isso, pois nesse momento Aslan se levantou e foi na direção de Vlad, que estava na ponta próxima à barraca deles, não precisando passar por mim.

E com a corda se alongando novamente descobri que Vlad era o personal dele.

Nesse momento Enzo todo empolgado estava nos convidando para a festa de aniversário dele que aconteceria naquela noite em um *point* da cidade.

— Venham todos, a banda Estradeiros vai tocar, assim fazemos uma turma grande.

—Vamos! Vamos! Você vai, certo? — disse Rodrigo.

—Vamos! Você vai poder encontrar o Max, faz tempo que vocês não se veem — completou Fernanda sem se levantar.

Para que você entenda, Estradeiros é uma banda muito famosa e o vocalista chama-se Max. Max foi o melhor amigo de infância e adolescência de meu marido. Quando nos conhecemos, os dois faziam tudo sempre juntos. Na realidade formavam um trio, ele, Max e meu irmão mais novo. Na época Max se referia a mim como "a nossa namorada".

Era Max com a música e meu marido com o futebol, os pais diziam não passarem de dois vagabundos que não queriam estudar. Max tocava cordas e teclado e já compunha. E meu marido treinava na escola de futebol de um clube local. Coisas da época, hoje as famílias pagam para seus filhos frequentarem escolas de formação de jogadores.

Realmente fazia um bom tempo que não via Max, não resisti à oportunidade e aceitei, apesar de saber que tudo isso apenas deixaria meu dia mais difícil. Então como quem foge peguei minha prancha e segui com Lucas e Enzo, fomos surfar.

Enquanto estava no mar com os meninos, a loira que estava ao lado de Aslan comentou em voz alta:

—Então a "coroa" é chegada em garotos? Acho que não tem espelho em casa. — Provocando alguns risos em seu grupo.

Nesse momento Vlad segurou o braço de Fernanda, e conhecendo o gênio explosivo dela disse baixo:

—Deixa *pra lá*, melhor não fazer confusão.

Aslan, que já estava novamente sentado ao lado da moça loira, acompanhou não só o comentário dela como as reações e risos dos outros que estavam junto. Lembrou que naquela manhã, da janela de sua sala, viu o mesmo menino vir de dentro da casa de Vitória, sentar-se ao seu lado e tomarem o café abraçados, provocando nesse momento uma sensação incômoda, uma certa decepção, pois acreditava que ela não pertencia ao mesmo pacote de pessoas vazias e frívolas que viviam ao seu redor.

O fato de minhas filhas e netos me chamarem pelo meu primeiro nome não permitia que tanto Aslan como os amigos percebessem qual minha relação com as pessoas do nosso grupo.

Pouco tempo depois, quando saí da água, Sandra veio na minha direção e me convidou para irmos para casa. Logo que chegamos me contou o que havia acontecido. Minha resposta não a surpreendeu, afinal me conhecia bem.

— Se isso for um problema, quem tem um problema é ela e não eu.

Nascida e criada em uma família com muita dificuldade financeira, mas morando em um bairro de classe média, aprendi cedo a não me incomodar com o que pensam outras pessoas. Sandra, que vinha de uma realidade diferente da minha, tinha dificuldade em entender minha postura, mas dizia sempre que um dia ia aprender a fazer isso. Não percebia que era tão *porra louca* como eu. E eu a amava por isso.

Noite de festa

Morando já há algum tempo em cidade praiana, fora dar aulas, minha vida se limitava a mar e lar, minhas roupas cumpriam o estilo confortável à risca. Mas com a Jaqueline não era assim, espalhou uma mala de roupas em cima de minha cama e puxou um vestido com estampas em vermelho e laranja, com decote *tomara que caia* e babado.

— Para você que gosta de um bom samba esse vestido vai ficar lindo!

Não protestei nem resisti, elas estavam animadas me envolvendo na brincadeira.

Fiz questão de ir com meu carro, gosto de poder ir e vir com liberdade. Quando saímos já eram onze horas.

O lugar era grande, com vários espaços distintos. Palco, salão, bar e mesas no primeiro ambiente. Tinha uma sala de jogos, achei isso interessante. Outra sala, com mesas baixas e sofás com almofadas e portas de vidro que abriam para a larga varanda que se estendia em forma de L margeando toda a parte externa, onde estavam distribuídas mesas altas com banquetas. Essa varanda tinha uma linda vista para a baía, onde três trapiches serviam de ancoradouro para barcos e lanchas.

A banda ainda não havia começado, estavam se preparando, Max estava no palco. Entrei e fui direto em sua direção, nem percebi Aslan e Fábio, que estavam na ponta do balcão do bar, pois quando passei por eles Max já havia me visto e pulando do palco veio em minha direção com os braços abertos. Me abraçou girando comigo, tirando meus pés do chão e quando me colocou de volta em pé encheu meu rosto de beijos.

— Viu como *armei* direitinho para estar com você no dia de hoje? Sabia que nossa namorada não resistiria em vir me ver.

— Realmente vim só para te ver, como podia perder a chance de abraçar apertado um *gostoso* como você?

— Eu sempre disse que você devia ter ficado comigo, mas ele roubou você de mim.

— Seu problema nunca foi esse. Sabe que no final fui eu quem roubou ele de você.

Nessa altura o pessoal da banda gritou para ele voltar, iam começar a tocar. Max me abraçou por um tempo. Beliscou minhas bochechas e voltou ao palco.

Quando me virei encontrei Fábio na minha frente.

— Que tal! Ela tem um amigo famoso.

Veio em minha direção e me beijou. Aslan não saiu do balcão e me cumprimentou com um: "Boa noite, sereia", com uma expressão estranha, sem sorrir. Eu apenas acenei com a cabeça.

Como Sandra e Jaque vinham em minha direção e já estavam próximas, apenas respondi:

— Nos vemos nas mesas. — E fui com elas.

Fábio voltou ao balcão do bar encarando Aslan.

— Até senti frio agora! O que foi isso? Parecia que o seu "boa noite" tinha saído de uma máquina de fazer gelo!

— Não adianta, estou farto de *"caras de anjo"*.

— De que está falando? — perguntou Fábio intrigado.

— Hoje de manhã, da janela de casa, vi um menino de uns 20 anos saindo de dentro da casa dela, que estava na mesa tomando café, ele a abraçou por trás e beijou seu ombro, sentou-se ao seu lado e ficou abraçado a ela todo o tempo durante a refeição. À tarde na praia foi a mesma coisa. Viviane percebeu e fez um comentário, provocando risos e outros comentários, você sabe como é essa turma. Ele é amigo de faculdade do Enzo. Quase acreditei nela, mas tudo bem, "não dá nada", melhor deixar isso pra lá.

— Decepcionado?

Foi o único comentário de Fábio, apenas observando as expressões de Aslan. Conhecia-o o suficiente para saber que ali tinha mais do que Aslan dizia.

Havia várias mesas reservadas em nome de Enzo, meu pessoal ocupava duas. Os mais jovens estavam na sala anexa, aquela aberta para a varanda, com vários narguilés espalhados pelas mesas.

Em nossa mesa havia uns baldes com cerveja, perfeito para o calor daquela noite. Um tempo depois um garçom se aproximou com um copo e me entregou.

— O vocalista da banda pediu para lhe entregar e dizer "eu amo você" — falou encabulado, provocando muito barulho por parte das filhas e dos amigos. Era um suco de tomate temperado, minha bebida predileta.

A banda começou a tocar, e apesar de não estar animada me distraí com eles, estava sendo agradável, a música boa trazia muitas lembranças de momentos felizes de minha vida.

A SEREIA E O GAVIÃO

Quando começou a seleção de samba, Lucas veio e me puxou pela mão.

—Venha, essa é nossa.

Uma de minhas paixões sempre foi dançar, e tive o privilégio de conviver com um dançarino que considerava a dança seu esporte predileto, depois do futebol, é claro. Em casa todos aprenderam a dançar com ele. E, como já falei antes, Lucas era uma miniatura do avô, inclusive na dança.

Lucas enlaçou minha cintura e começamos a dançar.

Na mesa Aslan cruzou os braços observando sem conseguir desviar os olhos enquanto eu dançava. Viviane enlaçou seu braço.

Quando paramos de dançar Lucas voltou para a sala com os amigos. Peguei uma bebida e fui para a varanda me refrescar, Beatriz e Rodrigo estavam lá também.

Fábio veio até nós.

—Programa do tipo *balada* não faz muito parte da minha vida, mas a oportunidade de te rever ajudou. Você devia ter trazido o Terêncio, tenho certeza de que ele faria sucesso — falou rindo.

—Ele dança melhor que muita gente aqui — disse Beatriz rindo, e se apresentou a Fábio, contando ser minha filha.

Rodrigo se apresentou e em seguida puxou Beatriz pela mão. Arrastou ela para o salão nos deixando a sós.

Fábio começou uma conversa animada. Ele se interessou por minha história com Max. Contei a ele a importância que teve em minha vida durante anos e que apesar do sucesso e de sua agenda sempre lotada impedirem que nos víssemos com mais frequência, isso não afetava nossa relação.

Pedi a Fábio para me contar um pouco sobre ele. Disse-me que era casado e tinha dois filhos de 8 e 12 anos.

— Quero que conheça minha esposa, ela também não é muito de "baladas", mas como é o aniversário de Enzo quis vir. Ela é fisioterapeuta e temos pouco tempo para *socializar*, precisamos *correr atrás*.

— Entendo bem sobre isso, mas tenha certeza de que bem construído vale a pena.

De onde estava via Aslan em pé ao lado de uma mesa. A loira levantou e se colocou ao seu lado, me olhava de forma insistente.

Como já era madrugada acho que meu *bom senso* já estava dormindo; aproveitando sua ausência falei:

— Quem é aquela moça que está ao lado de Aslan?

— Chama-se Viviane, é a mãe da namorada de Enzo.

Ainda olhando para eles, não resisti:

— Ela está interessada nele, ou é assim que funciona nesse mundo desconhecido para mim?

— Com o que já pude conhecer de você, com certeza esse é realmente um mundo desconhecido. Não são capazes de construir outros mundos, sequer percebem essa possibilidade, pois nem sabem de suas existências. Ela apenas enxerga em Aslan alguém que pode oferecer a ela a vida a que está acostumada, e só oferece a ele o mesmo que ele já conhece. E ele reage embasando seu comportamento nas experiências que esse mundo ofereceu a ele. E digo isso como quem o conhece bem. Com nosso encontro em sua casa, mais o que Aslan falou sobre você, juntei com o jeito que olha para ele, achei melhor te alertar.

— E a mãe do Enzo?

— Patrícia. Eles sofreram um acidente de carro há quatro anos, e ela não resistiu, o outro carro bateu do lado onde ela estava. Ele não fala muito sobrei isso, o casamento não ia bem, e ele se sente culpado pelo que aconteceu.

— Agradeço sua preocupação e sinceridade. Já há alguns anos tenho um grande amigo e conselheiro, faço questão de falar com ele todos os dias. Ele chama-se "*bom senso*". E ele já há alguns dias grita em meu ouvido: Cuidado! Cuidado! Ele não é para o seu bico! E, quando se junta com outro amigo chamado "razão", formam uma dupla insuportável que me mantém sempre alerta.

— Adoro suas analogias.

— Sabe, hoje não é nem a questão de ter maturidade para lidar com isso. Hoje está completando um ano da ausência de meu marido. Além do eco constante de saudades, tem a fragilidade dos pedaços mal colados em meu coração. E pode ter certeza, sou bem consciente dessa fragilidade.

Sandra veio até nós, pondo fim à nossa conversa. Apresentei Fábio a ela e o papo voltou a correr mais leve.

Como algumas vezes o destino tem pressa, enquanto conversávamos tranquilamente na varanda, o clima no salão não era o mesmo. Viviane desde a praia vinha percebendo a troca de olhares entre mim e Aslan. Não controlando sua irritação, fez mais um comentário sobre mim. Sem perceber o perigo que Fernanda representava, insistiu no assunto.

Enzo, que estava ao seu lado nesse instante, com a franqueza de uma criança virou na direção dela e disse irritado:

— Se só consegue falar besteira, devia calar a boca.

E não dando tempo de Vlad segurar Fernanda ela completou:

— Gente tão pequena não devia nem existir.

— E como você consegue concordar com isso? É obsceno, imoral.

— Não devia jogar pérolas aos porcos, mas você merece, então vai lá! Indecente é você! Vitória é minha mãe e a avó do garotão.

Nessa altura Vlad puxou Fernanda para um lado, enquanto Aslan levou Viviane para o outro. Mas, antes que ele pudesse dizer alguma coisa, um acontecimento mudou o rumo da situação.

A banda estava em um intervalo. Antes de começar a tocar novamente, Max anunciou no microfone:

— Esta música é muito especial para mim, ela foi composta pelo melhor amigo que a vida pôde me dar. Essa é para você, Vitória!

Naquele momento senti como se todos os pedaços que vinha colando aos poucos se rompessem, saí da varanda passando pelo salão sem enxergar o que tinha pela frente.

— Acho que o Max pegou pesado demais — Sandra disse a Fábio.

Cheguei na rua me sentindo como se estivesse dopada, virei a rua e me encostei em meu carro. Com as mãos nos joelhos desfiei todo o meu *rosário* de palavrões na tentativa de descarregar tudo sem chorar.

Enquanto respirava para me acalmar, percebi que havia alguém parado ao meu lado. No momento em que Max fez a dedicatória, Aslan me viu saindo pelo corredor do salão, largou Viviane sem dizer nada e veio atrás de mim. Quando chegou ao meu carro, eu ainda estava abaixada respirando fundo.

Ele segurou minhas mãos e me abraçou forte, me segurou assim até me acalmar. Entreguei-me àquele abraço até relaxar. E com a ponta da mão em meu queixo ergueu meu rosto e me beijou, de forma lenta e suave, estendendo o tempo em uma fusão de emoções, congelando o tempo.

Quando me soltou apenas consegui dizer:

— Preciso ir embora. — E sem dizer mais nada subi no carro e fui embora.

Cheguei em casa e me deitei na rede não conseguindo pensar em nada, a dor das lembranças se misturava com a sensação de conforto e aconchego que o calor daquele abraço me proporcionou, paralisando meus pensamentos. Em um instante antes de adormecer tive a impressão de ver o carro de Aslan parado em frente ao meu portão.

Confissões

O dia seguinte foi "*dia de preguiça*", acordei tarde e percebi que estava na minha cama; quando as *meninas* chegaram de madrugada, me levaram *sonâmbula* ao meu quarto.

Acordei em sobressalto, tentando processar os acontecimentos do dia anterior. Da cama vi Terêncio no jardim, e os gatos enrolados aos meus pés, era a vida querendo voltar ao normal.

Estava tudo em silêncio, então Lucas apareceu em minha porta e disse:

— Calma, já alimentei a turma.

Em seguida Sandra e Jaque também vieram ao meu quarto trazendo uma xícara de café para mim.

— Não vai escapar, *mocinha!* Trate de contar tudo, pensa que não percebi o *gato* da praia ir atrás de você?

— Primeiro café completo, tenho que trazer a alma de volta para o corpo.

Como decidimos almoçar fora, nos acomodamos na mesa da varanda para pôr a conversa em dia. Tínhamos urgência, afinal as duas voltariam para Curitiba naquele dia. Lucas foi para a casa de Enzo, iam terminar de comemorar o aniversário com um churrasco na varanda da casa de Aslan.

Jaque tinha pressa de contar o *fervo* entre Fernanda e Viviane que havia acontecido pouco antes de eu ir embora, então perguntou:

— Você foi embora pelo que aconteceu no salão?

Eu, sem entender nada, quis saber o que havia acontecido.

— Ah! Você perdeu! Sabe a loira que estava na praia de manhã e que continuava pendurada naquele *gato* à noite?

— Sei, ela chama-se Viviane e ele, Aslan — respondi.

— Eu te falei que tinha alguma coisa acontecendo — comentou Sandra rindo para Jaqueline.

— Então, enquanto você estava na varanda com a Sandra, essa loira, a Viviane, sem nenhum filtro, *soltou "não basta pegar garotinhos, agora quer passar o rodo no Fábio".*

Aí o aniversariante mandou ela calar a boca. O Vlad já tinha segurado a Fernanda de manhã, mas dessa vez não conseguiu. E a Fer completou para ela ouvir: "gente assim nem devia existir". Quando ela retrucou, jogou na cara dela que você era mãe dela e avó do Lucas. Claro que daí o Vlad e o *gato* seguraram a situação.

— Só não entendi que na hora em que você passou como um *risco* pelo salão o *gato* a largou e foi atrás de você. E sei que foi atrás porque vi pela janela ele indo em sua direção.

— Então... Como dizem os mexicanos, a gente está "coqueteando".

— É isso aí, minha garota, vida que segue — disse Sandra empolgada.

— Onde o conheceu? — quis saber Jaqueline.

— Em resumo, é o meu vizinho — disse apontando para a casa de Aslan. — É o pai do Enzo, o aniversariante. Nos encontramos desde que mudei para esta casa. Quando vou surfar, ele corre na praia todas as manhãs. Já conversamos umas três vezes. Foi ele que me apresentou Fábio, trouxe-o aqui em casa quando convidei ele para tomar café da manhã.

— O quê? Já teve até café da manhã? Acho que está acontecendo alguma coisa, "conte tudo, não me esconda nada".

Tentei conduzir o assunto para um campo mais sério:

— Vocês sabem que não é bem assim, que não estou pronta, não tem espaço em mim, ainda tem muitas raízes que não me permitem replantar nada.

—Acho que você está errada, trate de usar essas raízes como adubo e faça um jardim novo — me disse Jaque com seu jeito positivo de ver a vida.

—O que quero saber mesmo é o que aconteceu depois que ele foi atrás de você...

Empurrei minha cadeira para trás e em silêncio apenas sorri. As duas se debruçaram na mesa me intimando.

— Agora conta! — disseram as duas falando ao mesmo tempo.

— Não aconteceu nada. Ele apenas me beijou.

O que aconteceu em seguida parecia o gol de vitória em final de Copa do Mundo, explodiram em euforia. Depois me bombardearam com uma chuva de perguntas, querendo saber até a cor da bermuda dele.

Contei a elas sobre o gavião e a sereia, que era assim que nos tratávamos. E que quando me cumprimentava ele me chamava de *minha sereia*.

— Com certeza ele está interessado — disse Sandra.

— Essa é a questão, são duas coisas distintas. Uma é o que ele quer. Vocês me conhecem, depois de tantos anos vivendo em uma redoma de certezas e proteção não passo de um coelho cego nas garras de um gavião. E a outra é o que eu quero. A única força que tenho é a de não permitir e me proteger. É a de ser sereia e viver em um mundo onde gavião não consegue entrar.

Esse assunto durou a tarde toda, intercalávamos os acontecimentos com considerações e reflexões. Meus medos, insegurança e ansiedade. Andar nas nuvens correndo o risco de me machucar ou ouvir os conselhos que minha razão de forma coerente me impunha, puxando meus pés para o chão seguro, o qual vinha trilhando no último ano.

O apoio que recebia delas era um bálsamo para meu coração, ora dolorido, ora em fogo. Bálsamo embebido nas cordas que formavam essa rede sustentada por suas mãos tão amigas.

Eram quase seis horas quando elas subiram no carro e voltaram a Curitiba.

O silêncio tomou conta do meu espaço e da minha vida novamente, precisava urgente transformar a tempestade que havia se formado dentro de mim durante os últimos dias e tomar novamente as rédeas da minha vida.

Primeiro tomei um revigorante banho frio no chuveiro do jardim, com seu jato forte massageando meus músculos, levando todas as tensões do meu corpo através da água fresca. Vesti-me com um dos meus leves vestidos de algodão, sem mais nada, contando ao meu corpo que ele é livre.

Acampar por algumas horas na praia ajudaria a me reorganizar. Solidão, almofadas, música, vinho e brisa do mar seriam a companhia perfeita. Juntei tudo e me acomodei em meu banco na praia. Escolhi as músicas e me servi de uma boa taça de vinho.

Realmente, amiga, você deveria experimentar, é como lavar a alma.

O que veio depois só entendi no dia seguinte, quando Aslan me contou pela manhã, mas quero te contar agora.

Apenas me lembro da terceira taça de vinho, com uma leve sensação de embriaguez — sou fraca para álcool —, adormeci embalada pelo barulho das ondas.

Enquanto isso na varanda da casa de Aslan ainda estavam comemorando. Já eram quase dez horas quando Lucas avisou que precisava ir.

— Preciso ir, estou desde sexta na casa da Vitória, vou viajar amanhã, minha mãe já ligou três vezes.

— Espere mais um pouco que te levo — disse Enzo.

— Então vou buscar minhas coisas e já volto.

Foi até minha casa, arrumou sua mochila e voltou.

— Que estranho, a casa de minha avó está aberta, o carro está na garagem, a televisão está ligada, mas ela não está em casa — disse Lucas.

Aslan, ouvindo a conversa dos dois, se aproximou.

— Eu sei onde ela está, podem ir que eu cuido disso.

Tendo como premissa a juventude adolescente deles, sequer perguntaram como Aslan poderia saber, para eles o importante era que estava resolvido.

Quando os meninos saíram, Aslan foi direto à praia, pois quando saí de casa de "mala e cuia" para me instalar no banco, Aslan, de sua varanda, acompanhou toda a minha movimentação.

Chegando lá viu que eu dormia profundamente, confirmando pela garrafa de vinho que estava com menos da metade. Tentou me acordar chamando meu nome algumas vezes, eu sequer me mexia. Sentou-se no canto do banco e ficou um tempo me observando. Ergueu meus ombros para que eu sentasse e o que conseguiu foi que eu me apoiasse em seu colo.

Tenho alguma lembrança desse momento, menos do que acontecia e mais do conforto que senti nesse contato, o aconchego de seu corpo e a firmeza dos braços fortes me amparando. A sensação de segurança, de poder me entregar sem receio, a mesma que te diz: "não se preocupe, tudo vai ficar bem". Essa ausência em minha vida é o real vazio em meu coração. Se era um sonho não sabia, mas era ali onde queria estar.

Percebendo que eu não acordaria o suficiente para ficar em pé, me levou para casa em seu colo e me acomodou em minha cama. Mesmo sem acordar, senti a segurança de estar em casa.

Aslan voltou à praia, recolheu minhas coisas, fechou a casa, voltou ao meu quarto e ficou um tempo ao meu lado para garantir que ficaria tudo bem.

Durante a semana

O céu transitava entre o azul profundo das sombras da noite e o lilás suave do amanhecer enquanto o sol emergia no horizonte.

Com vista para esse cenário eu estava sentada na prancha me sentindo como um maestro que com o movimento das mãos fosse capaz de produzir sons tirados das cores do arco-íris que se formava no horizonte.

Escolhi esse horário com o objetivo de não encontrar Aslan.

Apesar de ter tido sucesso com meu intento, enquanto alimentava Terêncio percebi Aslan apoiado em meu portão me observando.

— Bom dia, minha sereia, não foi surfar hoje?

— Sim, fui, queria tirar o sol da cama, ele bebeu muito vinho ontem, achei que poderia estar com preguiça, resolvi ir lá puxar as cobertas dele. Quer café? — convidei.

— Obrigada, mas ainda vou correr e depois encontrar com Fábio na confeitaria. Gostaria de ir?

— Outro dia talvez, quero organizar minhas coisas, tive um final de semana um pouco fora do comum.

— Realmente, trocar o "preciso" por "quero" permite que nossas respostas sejam bem mais claras — disse sorrindo. E continuou: — Vejo que acordou bem-disposta hoje, mesmo depois de quase uma garrafa de vinho.

A SEREIA E O GAVIÃO

— Como sabe? Não diga que foi você ontem?

Ele acenou lentamente com a cabeça, sem tirar os olhos do meu rosto, querendo observar minha reação.

— Poderia te responder: "Desculpa, que vergonha" — eu disse usando um tom de voz que imitava estar encabulada. — Mas na verdade quero agradecer. Teria acordado com o corpo todo dolorido sem sua ajuda.

— Corpo dolorido? Não pensa no perigo de adormecer sozinha, sem proteção, e deixar sua casa toda aberta?

—Tenho um guarda-costas que me foi confiado e permite que eu me sinta sempre segura.

— Realmente você vive em outro mundo. Eram umas dez horas quando Lucas veio buscar suas roupas para ir embora e avisou que você não estava em casa. Como vi você indo para a praia avisei a ele que eu resolveria isso.

— E como cheguei em casa?

— Te carreguei em meu colo.

Dessa vez fiquei realmente sem resposta, apenas consegui balbuciar um "obrigada".

Ele sorriu para mim, piscou e se despediu.

—Agora tenho que ir.

Como estava atrasado, ao invés de correr pela praia fez sua corrida na direção da confeitaria. Precisava trocar uma ideia com Fábio. Chegaram quase juntos e pediram café com pastel, como sempre.

Aslan terminou de comer, puxou uma moeda do bolso e começou a girá-la entre os dedos, dizia que isso o ajudava a se concentrar.

Fábio percebeu o gesto habitual e perguntou:

— O final de semana foi longo?

Aslan apenas acenou com a cabeça sem deixar de observar a moeda.

— Tormenta ou tsunâmi? Quanto sua sereia agitou o mar esse final de semana?

—Tenho que dar um jeito, caso contrário vou ter problemas.

— Com a Vitória?

—Vitória, Viviane, minha mãe, você sabe que separados tenho *tirado de letra*, mas tudo junto é confusão.

— Não entendo você colocar a Vitória nesse *pacote*, que eu saiba ela nem faz parte de sua vida, ou faz?

— Aí é que *mora o perigo*, ela realmente está fora do meu mundo, como ela mesma diz, o problema é que está colocando o mundo dela na minha vida.

—Aconteceu alguma coisa nova? Afinal sábado entendi que a "cara de anjo" tinha se tornado no máximo "ovelha para o matadouro", e que nem sequer fazia seu tipo.

— É disso que falo. A pressão que minha mãe faz com o assunto casamento é leve enquanto só aparecem "ovelhas", ela é esperta e vê de longe. Mas a Viviane está tentando entrar por outras portas. Estou bem acomodado na minha "zona de conforto". E não preciso de uma nova Patrícia em minha vida, ela conseguiu esgotar a possibilidade de confiar em alguém novamente.

— Então o que te incomoda? O que mudou agora? E você sabe o que penso sobre isso. Essa estratégia de desafio, conquista e troféu é andar em círculos e andar em círculos cava buraco e buraco vira armadilha para você mesmo. E onde Vitória entra nisso tudo?

— Você não soube o que aconteceu sábado no salão?

— A que horas?

— Foi quando você estava na varanda com a Vitória e a amiga dela. Eu já estava incomodado com a história do garoto e ela, e a Viviane não parava de falar no assunto na mesa. Sabe quem é a Fernanda, namorada do Vlad?

— Sim, sei.

— Pois é... Durante um comentário da Viviane, o Enzo se irritou e mandou-a calar a boca, em seguida a Fernanda soltou como uma bomba que a Vitória era mãe dela e avó do menino.

— Tsunâmi com certeza — comentou Fábio.

— Só não virou porque o Vlad segurou uma e eu segurei a outra.

— Se deram um jeito na situação, qual o problema?

— Aí é que entra a Vitória. Tinha acabado de tirar a Viviane dali quando ela passou na mesa, pegou a bolsa e saiu. Larguei tudo e fui atrás dela. A encontrei encostada no carro, ela não parecia bem, aí eu a abracei e a beijei.

— Realmente isso é interessante — disse Fábio.

— E sabe o que ela fez? Simplesmente disse que tinha que ir, subiu no carro e foi embora. Mais tarde parei o carro no portão da casa dela e ela estava dormindo na rede, com a casa toda aberta.

— Você achou que ela foi embora por causa do que havia acontecido no salão?

— E isso não seria o suficiente? O que mais poderia ser?

— Como diz minha mãe: "Não sabe nada, inocente" — disse Fábio rindo.

— De que está falando?

— Tudo isso que me contou parece sério, mas usando o jeito de falar da Vitória: isso pertence ao *Mundo Real* onde você vive, pelo que já conheço dela isso tem pouca relevância para ela.

— Como pouca relevância?

— Você ainda não entendeu, ela não pertence à categoria de pessoas que você está acostumado, ela realmente vive em um mundo diferente do seu, nem o *Mundo Real* dela é o mesmo que o seu.

— Tudo que está me dizendo, para mim parecem bobagens, só se tem alguma coisa que não está me contando.

— O motivo que a fez ficar mal e ir embora foi outro. Não sei se você percebeu, mas ela foi embora na hora que a banda voltou a tocar e Max dedicou a música a ela.

— Eu ouvi, mas não dei importância a isso, afinal nós os ouvimos na hora que estávamos no bar.

— Como ele a tratou e a dedicatória que fez não foi sem motivo. O amigo compositor da música era o marido dela, e sábado estava completando um ano da morte dele. Foram casados por 38 anos. Por isso a família estava reunida. E o Lucas sempre foi muito apegado ao avô, isso explica a forma carinhosa como trata Vitória. Você a beijou por um motivo e ela aceitou por outro. Isso sim é interessante.

— Agora começo a entender o que aconteceu ontem.

— Ontem?

— Sim, depois que você foi embora do churrasco. Um pouco antes de escurecer, vi a Vitória ir à praia e se acomodar no banco dela. Eram quase dez horas quando o Lucas foi lá e disse que ela não estava em casa. Fui até a praia e ela estava dormindo, tinha uma garrafa de vinho quase vazia, nem acordou enquanto levava ela para casa. Coloquei-a na cama, fechei a casa e fui embora.

— Agora concordo com você, se não der um jeito vai ter problemas, vai acabar caindo na armadilha que você mesmo está cavando. Afinal ela é uma sereia, não uma ovelha. E o problema não está em ela não ser ovelha, pois a escolha é sua em lidar com isso, ou não.

— Por que você acha que ela diz que você é gavião?

— Por ser um predador? — disse Aslan rindo.

— Isso é metade da definição, o gavião por si só seria apenas o predador, mas a partir do momento em que ela se coloca como sereia, deixa clara a diferença entre os mundos a que vocês pertencem. Se você brincar com a simbologia que ela usa, vai entender. A sereia pode vir à terra e pertencer a dois mundos, mas o gavião não, o que pode ele fazer? Apenas tocar a ponta das asas na água? Percebe que quem tem o controle é ela? Não sei se você está apenas intrigado, acredito que esteja fascinado por ela. Justamente por ela ser diferente de tudo que você conhece. E nessa armadilha que digo que você vem cavando ela é a isca mais perigosa que você pode encontrar.

— Preciso pensar sobre isso — disse Aslan.

Jogo aberto

Até consegui manter meu intento, os dias foram nublados, se revezando entre nuvens e garoa. Surfei no mesmo horário de sempre, pois com a chuva Aslan não foi correr, eu apenas o via na janela de seu quarto pela manhã.

No início da semana fui à confeitaria buscar algumas *guloseimas* e encontrei Fábio no caixa, me cumprimentou sorridente e caloroso.

— Quando quiser uma refeição mais saudável pela manhã, venha tomar seu café comigo.

— Claro que vou, e gostaria que você conhecesse minha esposa, tenho certeza de que vocês vão se dar bem, ela tem a mesma franqueza bem-humorada, e te garanto que ela é uma pessoa *inteira*. O nome dela é Estrela.

Levantei a cabeça e olhei para cima rindo.

— Achou o nome engraçado?

— Não é isso — respondi ainda sorrindo —, mas essa é outra história para contar com calma, Estrela é amiga do *Cavaleiro Templário*.

— Agora fiquei curioso, você segue me surpreendendo. Pode me dar o número de seu telefone? Assim podemos nos comunicar.

Passei o número para ele e nos despedimos. Quando me afastei Fábio disse a si mesmo: "Realmente acho que Aslan tem um problema para resolver".

Aqueles dias de distância ajudaram muito, a rotina e o silêncio foram bons companheiros, e a voz da razão voltava a soar clara procurando me manter segura e firme, mesmo percebendo que essa nova chama persistente estava difícil de apagar. Como se cada batida de meu coração provocasse a faísca que mantinha essa chama acesa.

Se não posso parar as batidas ou impedir que forneça o oxigênio que a sustenta, precisarei então urgente preencher esse vazio.

Minha dupla *bom senso e razão* haviam encontrado um adversário de *peso*, e ele — o *destino* — estava novamente puxando suas cordas.

No domingo pela manhã Fernanda veio me buscar para almoçar no Iate Clube, estavam promovendo um festival de "Ostras e Frutos do Mar". Gostei da ideia. Aqueles seis dias sozinha haviam me recarregado. Fiquei animada.

O sol havia voltado e o dia estava perfeito para almoçar ao ar livre, o restaurante montou as mesas em uma grande varanda coberta, proporcionando sombra e brisa do mar, era perfeito.

Apesar de já estar lotado quando chegamos, não tivemos problema, pois Vlad havia reservado mesa com antecedência. E é claro que você já adivinhou! Nossa mesa era ao lado das mesas da família de Aslan. E ali estava o destino rindo de mim novamente.

As mesas eram com seis lugares, e como éramos quatro convidei Fábio e a esposa para ficarem conosco. Estrela era realmente agradável, e claro que minha predisposição ajudou, gostei dela de imediato. Ela destoava em tudo do grupo de amigos de Aslan. Vestia uma saia leve longa, com estampa colorida e sandália rasteira, parecia uma cigana urbana. Isso é muita coincidência, pensei.

— Realmente você só poderia se chamar Estrela — disse a ela.

— Por quê? Seria essa minha luz intensa? — disse ela brincando.

— Não — disse Fábio. — É porque você é amiga de um Cavaleiro Templário.

— Agora não entendi nada.

— Tudo bem, vou contar. Sou Umbandista e minha outra filha, a Beatriz, trabalha com um guia, a que demos o nome de Estrela. Não sei se você entende sobre o que estou falando.

— Entendo, sim, a família de minha mãe também é. Gostaria de conhecer sua Estrela, é aqui em nossa cidade?

— Não, é em Curitiba.

— Não tem problema, tenho certeza de que o Fábio vai dar um jeito para irmos até lá.

— É sempre assim, ela quer, eu realizo — disse Fábio sorrindo e beijando o rosto da esposa.

A conversa fluía enquanto almoçávamos e em um momento me distraí observando a mesa de Aslan. Ao seu lado havia um casal que concluí serem seus pais. Aslan tinha o mesmo porte, a cor da pele e o cabelo farto e escuro do pai, um perfeito biotipo turco, mas os olhos e as expressões quentes realmente vinham da mãe italiana.

Havia mais um casal, que segundo Fábio era o sócio de Aslan em Florianópolis. E não poderia faltar a presença persistente de Viviane ao lado de Aslan. Enzo estava em uma mesa ao lado com outros jovens.

Estávamos terminando de almoçar quando Viviane ao lado de Aslan se movimentava parecendo irritada; como estava alterada, de nossa mesa dava para escutar o que dizia. Os meninos estavam programando ao fim da tarde ir de lancha até a cachoeira que tem na baía, próximo das fazendas de ostras, e Viviane insistia com Aslan para irem junto. Em um momento Aslan disse de forma firme:

— Não quero ir, não insista, isso é muito chato!

— Eu já te pedi, Aslan, não faz isso. Quando você quer, sabe ser grosseiro.

Ele sem responder levantou-se e foi ao bar.

Quando voltou veio em nossa direção e se sentou na cadeira deixada por Lucas, que naquele momento estava com os amigos no deque.

—Apesar do dia ensolarado de hoje achei que ia trovoar em sua mesa, dava para ver nuvens pesadas se formando ali — provocou Fábio.

—Você sabe que minha régua tem um bom limite, mas às vezes não dá.

—Tudo o que te acontece é sempre com sua permissão. Por isso as situações que você se coloca são sua responsabilidade. E é isso que define o limite da régua. O veneno só faz mal se você beber — falei olhando para Aslan.

—Ora, ora! Então encontramos alguém que se atreve a desafiar nosso Leão, que só está acostumado a caçar ovelhas — disse Estrela rindo.

—Não se assuste, Vitória, ela adora provocar Aslan, ele já está acostumado — disse Fábio olhando para mim.

— Por que vocês acham que chamam o barco de "mata-douro"? Hein, Aslan? — continuou Estrela provocando-o.

— Você poderia *pegar mais leve* hoje, não estou com muito humor para brincar — disse Aslan levantando-se. —Você poderia dar um passeio comigo? Quem sabe eu te mostre o famoso "matadouro" — disse estendendo a mão para mim.

—Claro que posso. E não se preocupe, Estrela, as sereias sabem se defender quando estão próximas ao mar — disse piscando para Estrela.

Aceitei a mão dele para me levantar, e fomos em direção ao ancoradouro.

Não entendo nada de barcos. Aslan explicou que era uma lancha de quarenta pés, grande para uma lancha, mas não caracterizava um iate. Ele me mostrou todos os compartimentos, era realmente grande e para meus padrões considerei luxuoso, disse a ele que nunca havia entrado em uma lancha como aquela.

Então fomos à parte de trás, onde tinha um banco com almofadas. Aslan estendeu o toldo para garantir uma boa sombra. Sentei-me ao lado dele, mas coloquei minhas pernas em cima do banco, o que me permitia ficar de frente para ele.

Ficamos em silêncio por um tempo. Até que Aslan virou o rosto em minha direção e perguntou:

—Você sente muita falta dele?

Mantive-me em silêncio por um tempo, sem desviar de seu rosto, tentando entender aonde pretendia chegar com essa pergunta. Depois apenas acenei lentamente com a cabeça.

—E do que sente falta?

— Do que estamos fazendo agora. Mesmo ficando em silêncio por muito tempo sabemos que quem está ao nosso lado está presente, está com você. E isso é o suficiente.

— Eu não conheço isso, não confio no silêncio, na maioria das vezes ele pode ser traiçoeiro.

— Não confia no meu ou no seu silêncio? — disse sem desviar o olhar.

— Você não dá espaço nunca?

— Então vamos fazer diferente, o Lucas me disse que você cultiva ostras, pode me falar de como funciona?

— Gostaria mesmo de saber ou apenas está querendo fabricar assunto?

— Realmente quero saber, você não tem ideia do quanto sou curiosa sobre qualquer assunto que possa agregar algo novo. E de ostras só conheço o sabor.

Ele começou a falar, no começo de forma superficial, mas com minhas perguntas foi aprofundando o assunto, e no final falava entusiasmado. Percebi que gostava de falar de seu trabalho e me convidou para ir visitar as fazendas, onde eu poderia acompanhar pessoalmente todo o processo, inclusive do laboratório de pesquisa e inseminação.

Depois de um tempo ele fez uma pausa no assunto. Aproveitei o espaço e perguntei:

— Por que me trouxe aqui?

— "Ben çok ilgeçsin."

— Desta vez não quero um elogio, gostaria de uma resposta.

— Como sabe que é um elogio?

— Porque pesquisei.

— Dois a zero para você — ele disse enquanto ria.

— Se quiser posso melhorar a pergunta. O que quer de mim?

Ele fixou o mar por um tempo sem dizer nada. E eu esperei sem deixar de observar suas expressões, e quando se voltou novamente para mim encontrou meus olhos fixos nos dele.

— O que você quiser me dar!

— Você deve tomar cuidado com o que pede, nem sempre o que recebe é o que estava esperando.

— É difícil conseguir uma resposta direta sua.

— Já te falei duas vezes sobre pessoas inteiras, respostas abertas só para quem está aberto. Como posso responder se não sei qual espaço você quer ocupar?

— Sempre quando quero entro onde me permitem, mas saiba que tenho pouco espaço dentro de mim.

— Agora você melhorou sua resposta e conseguiu mostrar bem o que quer. E estou novamente substituindo o "pode" pelo "quer". Uma vez um amigo me disse que só conseguimos dar o que temos.

— Como sabe que não tenho o suficiente para dar?

— Então talvez agora eu tenha uma resposta mais direta para você, quer saber?

— Com certeza!

— Vou me arriscar mesmo sabendo que estamos em um jogo de palavras pela metade. Desde que te conheci tenho a intenção de não te dar nada, independente do que você queira. Neste momento, não devo, não posso e não quero correr o risco de me machucar, e você "mexe" comigo. Vizinho?

Amigo? Interessante? Caçador? Essas perguntas pertencem a você e seus espaços, sejam eles poucos ou muitos. Para mim você ainda é gavião e eu sereia.

—Obrigado por sua resposta franca, que não estou acostumado a receber, gostaria muito de ter as certezas que você tem, saber claramente o que quero. O Fábio sempre diz que venho andando em círculos e com isso cavando minha própria armadilha. Talvez ele esteja certo. Mas a única resposta que tenho certa em mim por enquanto é que gosto do jogo de caçar ovelhas, um jogo em que me sinto seguro.

E o destino, percebendo o perigo que essa conversa representava, resolveu soar o apito de fim de jogo, trazendo os amigos para o barco.

—Você já foi à cachoeira?

— Não, ainda não conheço.

— Gostaria de ir?

— Não vai ser hoje, quero ir para casa, já estive fora por muito tempo.

Viviane chegou se colocando ao lado de Aslan e sem me olhar ou cumprimentar perguntou a ele:

—Vamos? Vai ser legal, o pessoal quer ir ver o pôr do sol na cachoeira.

Aslan, com um tom de voz firme, que eu ainda não conhecia, respondeu:

—Eu já disse antes que não quero ir. E não mudei de ideia.

Viviane olhou para mim enfurecida. Antes que ela pudesse dizer alguma coisa, me antecipei olhando para Aslan:

—Obrigada pela conversa, mas agora vou embora. Tenho uma turma faminta para alimentar em casa.

E não sei se foi para ser gentil ou provocar Viviane, Aslan me perguntou:

— Quer que te leve para casa?

— Agradeço a gentileza, mas vim com meu carro.

Virei-me e fui embora antes que a situação saísse do controle.

Esse contato tão próximo com Viviane ocupou parte de minha noite. Acredito que neste momento você esteja se perguntando se não fiquei com ciúmes. Ela é jovem, bonita, e já deixou claro que quer e tem uma convivência, intimidade e constância na vida de Aslan. Mas nesse assunto minhas amigas dizem que sou um "ET". Tenho muita dificuldade para sentir ciúmes. Praticamente nem conheço esse sentimento. E não foi por não ter vivido momentos que pudessem me proporcionar a oportunidade, inclusive não foram poucos.

Minha percepção é de que nada e principalmente ninguém nos pertence, considero esse um "mistério" que realmente tenho absorvido em mim. Acredito que a liberdade de nossas escolhas é de nossa única responsabilidade, e elas independem dos sentimentos de outras pessoas. O ciúme é uma necessidade inútil de proteger aquilo que não nos pertence. O que posso receber de alguém vem sempre única e exclusivamente pela vontade do outro.

Se Viviane considera Aslan sua propriedade, quem tem um problema é ela. Se Aslan quer ou não corresponder a esse sentimento, é uma escolha ou um problema dele.

Meus pensamentos nessa noite eram voltados a responder outras perguntas. E realmente ainda não entendo o que busco. Lembro-me dessa mesma sensação quando tinha 13 anos e já enxergava a imensidão dos mundos à minha frente, sem ter a menor ideia do que queria ou podia, ainda não conhecia nada, apenas percebia ter um tempo quase infinito que me permitiria fazer o que quisesse, quantas vezes precisasse, que sempre poderia começar de novo.

A sensação hoje é a mesma, mas com uma situação invertida. Hoje sei quase tudo que preciso fazer para realizar qualquer propósito, e o que não tenho desta vez é o tempo, que cobra impiedoso para não errar, as chances de recomeçar são bem menores.

Por isso tinha muito mais perguntas do que respostas.

— Até onde estou disposta a me envolver nisso? Meus propósitos em me manter segura, sem me envolver emocionalmente com ninguém, já não são o suficiente?

Dei muito trabalho à dupla "bom senso" e "razão", porque o adversário "emoção" estava vestindo as roupas da "paixão", que nos tornam impulsivos, sem considerar totalmente as consequências, impactando as decisões que consideramos importantes em nossas vidas.

A única conclusão a que cheguei foi de que, se eu não estava conseguindo o controle necessário, só restava garantir que ele desistisse. E para isso só teria uma chance, se permitisse a Aslan fechar seu ciclo desafio-conquista-troféu.

Essa conclusão provocou muita confusão. "Bom senso", "razão", "paixão" e "destino" falavam todos ao mesmo tempo, entre protestos, aplausos e ameaças. O único que não dizia nada era o "destino", em silêncio com um olhar iônico.

E ele tinha pressa.

Propósitos

Tinha um feriado no meio da semana, que na minha rotina não mudava nada, mas para a cidade mudava, sempre aumentava o número de turistas. A praia tinha um bom movimento. E naquela manhã não fui surfar. Como estava agitada com os pensamentos do final de semana, tomei um remédio para me ajudar com o sono e quando acordei o sol já me acenava do alto.

À tarde reparei que as tendas dos amigos de Aslan já estavam armadas e eles acampados na praia. O mar com ondas perfeitas contava com muitos surfistas colorindo com alegria a paisagem habitualmente solitária.

Não resisti e caprichei na roupa, pois para ir a festas não tenho quase nada, mas para surfar eu ocupava metade de meu guarda-roupa.

Peguei a prancha e meus "apetrechos" e fui em direção à praia. Quando estava me aproximando do mar, me surpreendi com Beto parado à minha frente. Beto é irmão de Sandra e, como eu, um aficionado por surf. Cumprimentou-me caloroso. De pronto perguntei por Sandra e ele me informou que ela estava na Ilha do Mel. Eles têm uma casa deliciosa no "Farol". E quando perguntei como e por que ele estava ali, respondeu que havia sido um convite de um amigo do tempo de faculdade. O nome dele é Aslan.

Nesse momento escutei a voz de Viviane, que em pé na frente de Aslan pedia que lhe passasse protetor solar em suas costas. Viviane olhava em minha direção e sorria de forma irônica me provocando.

Disse a Beto que iria entrar no mar e o convidei.

— A água deve estar boa e as ondas estão perfeitas, vamos entrar?

—Acabei de sair, mas com certeza te alcanço mais tarde.

Remei até onde estava o grupo de surfistas, conhecia vários deles. Sentei-me sem pressa na espera de uma onda que oferecesse uma plataforma perfeita para deslizar e aproveitar a melodia da liberdade provocada pela adrenalina da dança da prancha contra a água.

Quando voltei da segunda onda me deitei de costas na prancha e fechei os olhos absorvendo o calor do fim de tarde embalada pelo balanço lento do mar. De repente minha prancha balançou em um movimento brusco e quando abri meus olhos e me sentei Aslan estava ao meu lado sorrindo.

—Achou que ia conseguir fugir se mantendo à distância?

—Você sabe que quando venho aqui nunca estou fugindo, estou sempre voltando para casa.

— É verdade, minha sereia, aqui é seu hábitat. Aqui é onde você é mais forte. E quem está em perigo é o gavião, sem lugar para pousar, certo?

— Se é assim, então o que veio fazer aqui?

—Queria apenas ficar em silêncio e saber que quem está ao meu lado está presente.

—Para que isso seja possível não basta sentar ou deitar ao lado de alguém. Quer realmente entender?

— Me diga então.

— É preciso que contar o tempo não exista, e sim que dure a intensidade dessa sensação. É preciso sentir essa presença como se fosse o toque das mãos percorrendo seu corpo. É preciso ser um querer onde não importa se durar para sempre.

Enquanto eu falava Aslan foi se aproximando lentamente e seus olhos refletiam a majestade das montanhas, de uma natureza que sabe reconhecer suas forças. Uma atração que não permite resistência. E quando me beijou foi com a urgência de quem absorve e busca sem pedir permissão. Eu me entreguei permitindo que a chama instalada em meu peito tomasse conta de todo o meu corpo.

— Essa é uma sensação que não me importaria que durasse para sempre — disse Aslan sem se afastar.

Nesse momento entendi que minhas estratégias para evitar Aslan chegavam a ser infantis. Montando planos infalíveis para vencer uma guerra onde eu mesma me sabotava. Se perdesse essa oportunidade, não teria outro momento. Eu precisava e queria, tomada de uma coragem que não acreditava ter, então disse a ele:

— Quando te perguntei o que queria de mim, disse que seria o que eu quisesse te dar.

— E mantenho minha resposta.

— Se te pedir, você vem comigo?

Aslan sorriu lentamente e respondeu:

— Com certeza vou.

— Vamos esperar a próxima onda e vamos.

Em pouco tempo eu já estava em pé, deslizando, e o que ditava o ritmo de meus movimentos eram as batidas descompassadas de meu coração. Quando já estava na areia vi Aslan levantar e pegar uma onda que o trazia em minha direção.

Como já começava a escurecer, a praia estava vazia. Os amigos já haviam ido embora. Parei apenas para desamarrar a prancha e comecei a caminhar em direção de casa sem olhar para trás. Parei na ponta da passarela e esperei Aslan, que já vinha pela areia.

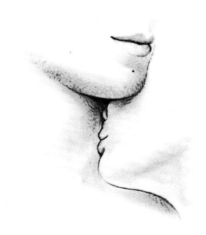

Com meus conselheiros em choque, não me permiti pensar, não conseguia mais avaliar se fazia porque precisava ou se era o desejo que percorria meu corpo que comandava. E sem dizer mais nada peguei sua mão e o levei para casa. Levei-o ao espaço do chuveiro do jardim, que mantive desligado até que ele pudesse entender o que eu pretendia.

Não raciocinava, não pensava no que estava fazendo, naquele momento eu apenas sentia. Todo o calor que meu corpo era capaz de produzir estava concentrado em minha mente apenas me impulsionando a agir.

Aslan surpreso se deixou conduzir sem questionar ou resistir.

Sentei-me na bancada que tem no chuveiro e observei de perto toda a perfeição de seu corpo próximo ao meu.

Precisava antes deixar claro o que pretendia.

—Você entende o que estamos fazendo aqui?

—E o que está acontecendo aqui? Você pode me contar?

—Estamos aqui porque seu jogo é claro. Já te falei antes e inclusive pedi para não fazer isso comigo.

—Você está tentando me dizer que estou apenas brincando com você. O que eu disse ou fiz para que você concluísse isso?

—Sei que não é apenas uma brincadeira, está mais para um desafio.

—Não teria aceitado vir se fosse apenas um desafio.

—Entendo que o que acaba de me dizer faz parte desse jogo, onde o desafio se torna mais atraente quando encontra alguma dificuldade. Quanto mais difícil, mais valioso. E, como está acostumado, quando consegue perde o interesse pelo brinquedo. Por isso resolvi encerrar agora e te dar o que procura, antes que me quebre.

— E o que você quer me dar?

— O que apenas uma sereia seja capaz de dar.

— Que eu saiba as sereias seduzem os marinheiros hipnotizando com seu canto, atraindo-os ao fundo do mar. Mas acredito que não está aqui para cantar.

— Essas são lendas, o canto é apenas o irresistível. Navegar pelas emoções, que às vezes são calmas, às vezes violentas, acolhedoras ou traiçoeiras.

— E o que fazem na verdade?

— Quer mesmo saber?

— Quero, sim.

— Então estamos aqui como sereia e gavião.

Nesse momento abri o chuveiro permitindo que a água escorresse sobre nós, me aproximei de seu ouvido e sussurrei.

— Você aceitar entregar o controle?

— Me surpreenda!

— Feche os olhos e apenas sinta, retribua se quiser ou quando quiser.

A essa altura já estávamos completamente molhados. Ao fechar os olhos, Aslan aceitou se entregar às possibilidades dessa nova experiência.

Não sei se foi o céu em seus tons de vermelho que o fim da tarde insistia em tingir ou simplesmente a ausência de toque por que meu corpo ansiava. O desejo tomou conta de mim. Aconcheguei meu corpo ao dele e mesmo com a água fria podia sentir seu calor. Acariciei lentamente seu rosto enxergando com as mãos e beijando sem o toque dos lábios.

Com as mãos em sua cintura e por dentro da camisa molhada fui subindo e deslizando por suas costas, tirando sua camisa no mesmo ritmo da água, provocando um tremor que não se via por fora, mas que eu sentia ao meu toque. Desci desabotoando a bermuda enquanto deslizava por suas coxas lentamente até o chão. Levantei e tinha apenas ele em minha frente.

Mantive minhas mãos sincronizadas com a água percorrendo com as unhas toda a sua geografia, decorando suas formas e buscando atender às súplicas de seu corpo. Quando aconcheguei meu corpo ao dele, ele abriu os olhos e puxou as alças de meu biquíni, enquanto eu abria os laços laterais. O encontro de nossos corpos molhados despertou a vontade de retribuir, mas nesse momento o que recebia proporcionava um quero mais sem fim.

Foi quando o encaixei dentro de mim, segurando seu quadril e ditando o ritmo, com movimentos lentos e uma forte pressão, soltando de uma forma leve. Repetindo até que a urgência de retribuir fosse impossível de esperar.

Nesse momento sussurrei:

—Voa, meu gavião.

A sensação de querer que dure para sempre foi substituída por uma intensidade sem controle. E ele se entregou, em um voo intenso e sincronizado.

Quando relaxamos ele se sentou ao meu lado em silêncio e permitimos que nos esvaziássemos lentamente. Nesse momento ele tomou meu rosto em suas mãos e me beijou

A SEREIA E O GAVIÃO

demoradamente, sentindo o gosto doce e o cheiro da pele macia que apenas uma sereia molhada poderia ter. Um beijo transbordado de doçura, testemunha silenciosa da intimidade compartilhada.

Ficamos em silêncio por um tempo enquanto a água refrescava nossos corpos e nossas almas. Dei uma toalha a Aslan e fui ao meu quarto me vestir e pegar uma bermuda do Lucas que entreguei a ele. Sentei na rede da varanda.

Aslan veio até mim, se sentou ao meu lado e novamente ficamos em silêncio observando a mistura de cores da entrada da noite, enquanto o céu entregava ao mar seu arco-íris de sutilezas. No mesmo momento em que o gavião consegue atingir o mar com suas asas e tocar o coração de sua sereia.

O aconchego da rede fez com que eu esquecesse por um tempo minha decisão de pôr um fim nesse relacionamento que mal havia começado, esquecendo minhas inseguranças e meus medos. Queria tornar aquele espaço em um momento atemporal, apenas com a intensidade de minhas sensações.

Mas sendo um jovem gavião Aslan é um espírito inconstante como o vento, que poderá desaparecer a qualquer momento, assim como dita sua natureza, que pousa por um tempo sobre os galhos mais altos de uma árvore e que quando cansa da paisagem alça voo para novas aventuras.

Quando esses pensamentos voltaram a perturbar esse momento de plenitude, Aslan me olhou e perguntou:

— E o que acontece agora?

Usando sua pergunta como o primeiro impulso a uma caminhada que eu mesma havia traçado, sem desviar meus olhos dele, disse:

—Te expliquei antes. Então agora você pega suas roupas e vai embora.

Percebi nele uma expressão desconcertada. Por um bom tempo me olhou como quem busca lembrar o que eu havia lhe dito antes. Tive a impressão de que diria algo. Mantive meus olhos em seu rosto. Então ele se levantou e foi embora.

Depois que ele se foi...

—Você decidiu e agiu de acordo com ela, agora tem que continuar, não tem mais como recuar. (Razão)

— Você fez a escolha certa, seja forte e se mantenha firme, em pouco tempo sua vida estará plena, sem conflitos. (Bom Senso)

—Você acha que valeu a pena pedir para ele ir embora? Um coração que apenas pulsa lento serve para quê? Acha que isso é viver, ou é apenas sobreviver? (Paixão)

— O que eu quero que saiba é só uma coisa: eu quero de novo. (Corpo)

Meus sentidos queriam argumentar, mas naquele momento eu estava muito além de meu corpo ou minha mente. Só queria manter a plenitude que sentia depois do prazer.

Adormeci na rede, sem perguntas ou respostas.

Encontros

Aprendi vivendo no *Mundo Real* que, para resolvermos nossos problemas, termos êxito em nossos propósitos, ou solucionarmos as dificuldades que enfrentamos, precisamos aprender a separar o que podemos e o que devemos fazer no momento presente. Não deter nossos esforços no que achamos que virá, pois as decisões e escolhas que fazemos hoje modificam o que virá depois. E principalmente não nos ocuparmos com o que não nos cabe, ou o que independe de nossas atitudes ou escolhas.

Então na manhã seguinte procurei me ocupar com a rotina daquele dia. Nada como mexer na terra molhada, as raízes ao serem puxadas do solo macio misturam seu cheiro com o odor forte da terra gorda e rica. Minha horta estava precisando de cuidados.

Terêncio com seus passos desajeitados estava feliz por eu estar ali com ele em seu espaço. Parecia uma criança feliz pedindo para brincar. Ocupei-me toda a manhã, caprichando na limpeza e replantio. Colhi tomates, verduras e temperos para o almoço, e mais uma cesta de maracujás e jabuticabas.

À tarde procurei deixar tudo organizado em casa, principalmente alimento para todos, porque no dia seguinte bem cedo iria a Curitiba. Como ficaria até domingo, seriam quatro dias, Lucas viria ficar em casa para cuidar de tudo enquanto eu estivesse fora.

Inscrevi-me em um seminário sobre Educação e Tecnologia por dois dias e aproveitaria para rever os amigos. Mas o que realmente queria e precisava era ir ao Terreiro. As lembranças, os cheiros, a energia, e principalmente o toque dos atabaques, que pulsam junto às batidas do meu coração, seriam um alento às aflições que insistiam em balançar meu equilíbrio.

Não encontrei Aslan durante o dia, não fui surfar pela manhã. Estava fugindo? Não me sentia preparada para confrontá-lo, precisava primeiro respirar.

No final da tarde as nuvens escuras se formaram rapidamente anunciando que a chuva viria logo. Com o mar mais agitado, as ondas com braços mais longos eram um convite irresistível. Não tive dúvida, troquei de roupa, peguei a prancha e fui para o mar. Precisei remar com força até chegar ao ponto para aguardar qual onda me concederia o privilégio de desafiar suas forças.

A chuva veio forte, cada gota que atingia o oceano criava uma textura única na superfície, sua intensidade misturada ao sal proporcionava o equilíbrio entre a adrenalina e a serenidade da chuva doce lavando e levando tudo. Da mesma forma rápida e intensa que chegou a chuva se foi, devolvendo os raios de luz por entre as nuvens.

Caminhei pela areia como se ainda deslizasse pela água, vinha de cabeça baixa concentrada apenas na imensidão dos tons de cinza da areia. Quando levantei os olhos Aslan estava parado, encostado no pilar da passarela.

Parei em sua frente sem dizer nada, tentando avisar meu coração para voltar ao seu lugar e parar de me sufocar. Ficamos em silêncio por longos dez segundos e quando dei o primeiro passo em direção de casa ele perguntou:

— Não vai falar comigo?

Busquei meu melhor sorriso e, com a voz mais doce que consegui, respondi:

— Hoje não. Estou indo para Curitiba; quando voltar, se você achar que precisa, sabe onde me encontrar.

Quando já tinha dado alguns passos, ele falou em voz alta:

— Não pense que vai escapar, minha sereia!

Sem me virar, levantei a mão e acenei me despedindo.

Fiquei orgulhosa de mim.

Aslan se sentou em meu banco, tirou o celular do bolso e ligou para Fábio.

— Você pode almoçar comigo amanhã?

— A Estrela foi passar a semana com os pais em Brusque, estou com tempo. Precisa de alguma coisa?

— Preciso pôr umas ideias em ordem.

— Te encontro no Cavalo Marinho às treze horas, ok?

— Certo.

O restaurante tem uma área aberta, que faz frente para a baía. Aslan escolheu uma mesa de canto.

Já estavam terminando de comer, Aslan puxou sua moeda do bolso e começou a trançá-la entre os dedos.

— Então... Qual é o assunto urgente?

— O assunto? É sobre armadilhas e iscas.

— Então o assunto é Vitória?

— Você tinha razão. Sereia não é ovelha. E te falo porque você não é apenas meu amigo. Apesar de você ter me avisado, eu joguei a isca. E sabe o que ela fez? Ela me colocou em sua rede com minha própria isca.

— Que eu saiba quem morre pela boca é peixe, e não gavião — disse Fábio rindo. — Quer me contar o que ela fez?

— No domingo ela me perguntou o que eu queria dela, e eu fiz a bobagem de responder: "O que você queira me dar".

— Você apostou alto. E o que ela respondeu?

— Na hora me disse que não pretendia me dar nada, que eu "mexia" com ela e não estava disposta a se machucar.

— Para mim parece é que você apenas levou um "meio fora".

— Só que na terça ela virou o jogo e o gavião virou presa de sereia.

— E como ela conseguiu isso?

— Primeiro me dizendo que enxergava meu jogo e que sabia que se conseguisse o troféu seria fim de jogo. E eu repeti a bobagem de perguntar o que queria me dar. Ela respondeu: "O que apenas uma sereia é capaz de dar". Aceitei acreditando que ela não seria capaz de me surpreender.

— E te surpreendeu?

— O que posso dizer é que ela cumpriu. Deixa eu achar uma palavra para isso… Único. Mais do que eu esperava. Achava que já conhecia tudo que poderia experimentar, mas as lendas são verdadeiras quando dizem que as sereias hip-notizam. Por isso deixei que ela conduzisse. Sempre acreditei que o prazer vinha em ter o controle sobre a situação, e ela me mostrou que entregar o controle nas mãos de quem sabe o que faz pode ser mais, bem mais.

— Só ainda não estou entendendo por que isso é um problema.

— O problema está em que ela cumpriu o que me prometeu, inclusive de depois me mandar embora.

— Agora começo a entender.

— E agora faz dois dias que não consigo me concentrar no trabalho e quando levanto pela manhã a primeira coisa que faço é ir à janela procurar um surfista no mar. Ontem à tarde durante a chuva ela foi para o mar, e eu fui esperá-la na praia. Perguntei se não gostaria de conversar, e sabe o que ela me disse? "Hoje não, vou viajar e quando voltar você sabe onde me encontrar." E eu estou aqui me perguntando. Por que ela?

"Te falei na primeira vez que conversamos, ela nem faz meu tipo. Ela representa confusão na minha vida. Tem minha mãe querendo que me case. Achando que vou esquecer tudo que passei com a Patrícia. Tem a Viviane que procura através de minha mãe me convencer de que é dela que preciso, mas não tem a menor ideia do que realmente eu possa querer. Tudo que venho fazendo é realmente andar em círculos ou com ovelhas ou com a Viviane, que não têm nada a me oferecer.

"E às vezes penso que a Vitória é a única que oferece uma perspectiva para parar de andar em círculos. É a chance de andar em linha reta, para a frente. Mesmo assim é muito complicado. Ela vive em mundos que não conheço, ela conquistou coisas que ainda parecem distantes para mim. Tenho certeza de que me adaptaria ao mundo dela, mas ela parece conhecer como vivo e sabe que, além de não se enquadrar, principalmente não quer."

— Eu realmente não tenho uma resposta para você. Vai ter suas respostas, mas primeiro tem que saber o que realmente quer e depois onde está o que quer.

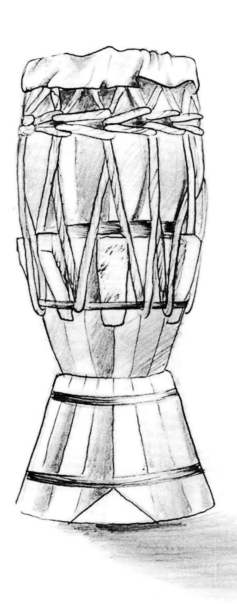

Construindo

Sábado fui ao Terreiro, fazia já algum tempo que não entrava naquele solo, eu não conseguia. E novamente uma mistura de emoções, por um lado um vazio com a ausência dele, que assim como levou metade de mim, levou metade daquele espaço tão precioso em minha vida. Tudo que havia ali foi construído partindo de um chão vazio, levantado por nós desde os primeiros tijolos até o pequeno laço de fita adornando a entrada. Cada imagem pintada à mão, para que nosso amor pelo sagrado estivesse escrito em cada detalhe.

Por outro lado, carregado de energias e vida, com meu coração batendo no ritmo do toque do atabaque, fazendo pulsar vida em minha alma. Energia distribuída com fartura a todos. Daqueles que se propõem a doar seu tempo e seu amor a todos que procuram aliviar suas dores ou àqueles que buscam harmonia através de seu "religare", de sua conexão com o divino. Como em tudo na minha vida, dividida entre o vazio e a chama, em busca de respostas que sabia só encontrar dentro de mim.

Não perdi a oportunidade de falar com a Estrela. Esse guia, essa luz que nos alcança e nos privilegia com sua presença, que embala meu coração, permitindo que eu saiba sempre que "tudo vai ficar bem". Suas palavras, ao mesmo tempo em que reconfortam, me ajudam a direcionar minhas reflexões e escolhas.

—Sinta essa nova história antes que ela seja só um conto de lembranças.

—Obrigada, Estrela.

A semana se apresentou tranquila e nublada. Sem a luz direta do sol, mesclando e confundindo os tons de cinza do céu com o azul-escuro do oceano. A garoa fina pontilhando a areia compunha o cenário predileto das aves, com as gaivotas no mar em uma dança serena povoando a imensidão vazia. Enquanto isso em minha casa as aves coloridas em tons de esmeraldas, safiras e rubis povoavam esse meu espaço tornando-o realmente mágico e habitado na liberdade dessas criaturas aladas.

Não deixei de surfar. E na sexta-feira vi Aslan, ele voltando de sua corrida matinal, eu no mar à espera de uma boa onda.

Soube por Lucas que naqueles dias Enzo e Aslan estiveram em Florianópolis a trabalho. Então percebi à tarde os carros deles na garagem da casa.

Resolvi almoçar na praça de alimentação de um centro comercial no centro da cidade. Quando voltei ao estacionamento, um automóvel ocupava a vaga ao lado. Era Aslan. Ele desceu e se colocou na lateral, nos deixando em um corredor estreito entre os carros, ficamos frente a frente e muito próximos. Aslan pôs as mãos no capô de meu carro, e com o rosto muito próximo ao meu disse:

—Agora não tem jeito... Estou cansado desse jogo de presa e predador.

—Se esse jogo acabou, o que vem agora?

— Eu não sei... Quero realmente descobrir, mas é difícil, você é o vento. Às vezes brisa, às vezes tornado. Me atinge, mas não consigo segurar, você passa por mim e se vai, sem que eu possa controlar, e me viro buscando outra rajada.

— Talvez seja isso, e apenas isso. O prazer não está no controle, está em sentir e absorver. E esse é o espaço que preciso e quero ocupar na minha vida. Mas você me disse que seu espaço é muito pequeno.

— Ainda preciso jogar muito lixo fora e arrumar o que sobrou, talvez assim eu tenha espaço.

— É preciso estar disposto a fazer isso, disposto e motivado. Você já me viu, me ouviu e já ocupou por um tempo o meu espaço. Não sou uma menina, não busco construir sonhos. Eu já fiz isso. Não tenho mais tempo nem paciência para aparar arestas para poder compartilhar. Você entende isso?

"Se você busca apenas uma amiga, tenha certeza de que isso não quero. Já tenho amigos. Eu te disse no barco naquele domingo. Você *mexe* comigo, o que você provoca em mim não permite que a qualquer tempo me torne apenas sua amiga. E foi por isso que levei você ao meu chuveiro. Para você encerrar o jogo a que está acostumado, e poder se perguntar se isso é tudo."

— Por que você faz isso comigo? Não sei lidar com sua franqueza e ao mesmo tempo isso me fascina e desconcerta.

— Acho que realmente está na hora de você fazer uma faxina em seus espaços, e não obrigatoriamente para caber alguém, mas para primeiro você ocupá-lo. Talvez possa oferecer para alguém como a Viviane, que te proporciona a segurança de que a vida como conhece permanecerá, ou como disse, de você mesmo ocupá-lo. E quero que entenda que eu não preciso dele. Pois, como você mesmo disse, eu sou o vento. Eu poderia te dizer mais, mas agora quem tem que buscar respostas é você. E se isso for o suficiente, agora quero ir embora.

Naquela noite, de minha casa percebi que a casa de Aslan estava movimentada, várias pessoas na varanda, as meninas muito arrumadas formavam um grupo. Viviane estava lá, como sempre bonita e bem-vestida. Havia vários carros na frente da casa.

Algum tempo depois tudo estava em silêncio. Saíram todos juntos, concluí que foram a alguma festa. Descobri depois por Lucas que era a comemoração do aniversário de 15 anos de Sofia, namorada de Enzo e filha de Viviane. Uma luxuosa festa organizada em um lugar privado, próprio para eventos desse porte.

Eu estava envolvida em montar meu quadro do Cavaleiro Templário, e como sempre, quando me envolvo em uma atividade, perco a noção da hora. Música boa e a brisa vinda do mar refrescando a noite quente.

Distraída com o trabalho só percebi o carro parado em frente ao meu portão quando a luz alta do veículo iluminou minha varanda. Ele desligou a luz e o motor. Era o carro de Aslan. Parei meu trabalho e fiquei esperando, mas ele não saiu do carro.

Fui até lá e abri a porta do carro, Aslan parecia estar dormindo. Quando abri a porta, ele tentou levantar-se do banco e não conseguiu, ficou claro que havia bebido muito.

Ajudei-o a sair do carro, estava desorientado, com dificuldade para se equilibrar, e acabou vomitando. Apoiei seu braço em meu corpo e o ajudei a caminhar até minha casa.

Levei-o direto ao chuveiro do jardim; quando a água bateu em seu corpo, apenas estremeceu. Tirei sua roupa e sentei-o na bancada para não cair. Deixei-o ali e fui buscar uma toalha e uma bermuda de Lucas. Ajudei-o a se secar e vestir e em seguida levei-o ao meu quarto e o acomodei em minha cama.

Talvez tenha sido o banho e o conforto da cama, ele acordou e tentou levantar-se. Disse a ele que podia ficar e descansar até melhorar e que eu iria fazer um chá de camomila para ajudar na sensação ruim do estômago. Quando terminou de beber o chá, segurou meu pulso e me puxou, sentei-me ao seu lado.

— Desde que saí de casa, apenas pensava que o que queria de verdade era estar aqui, claro que não nessa situação, te dando trabalho — disse sem largar meu pulso.

— Não se preocupe, não estou incomodada.

— Então não saia daqui, fique ao meu lado, deite aqui comigo e me presenteie com seu silêncio.

Não posso dizer que cedi. Porque era muito mais o meu querer. Querer sentir o aconchego e o calor de estar novamente em braços acolhedores. Acomodei-me em seu colo e fiquei ali por quase uma hora, até perceber que ele dormia profundamente.

Levantei e fui me acomodar na rede, precisava chorar e tentar descarregar aquele turbilhão de sentimentos que me faziam sentir que iria explodir. De saudades e de medos. Por ter sido tão protegida. Xinguei ele por ter me deixado, precisava urgentemente vencer essa sensação de abandono.

Jogar em Aslan essa expectativa não ajudava. Minha insegurança sobre se queria o que ele tinha a oferecer estava tornando meus dias mais complicados, afetando meu equilíbrio, de forma que nem mesmo todas as forças que tinha à minha disposição fossem o suficiente.

Acordei com o aviso do céu negro roubando o azul do mar, de que o sol caminhava com pressa no horizonte. Levantei-me sem pensar e fui para o mar. Quando voltei o dia nem tinha acontecido por completo ainda. Fui ao meu quarto e Aslan ainda estava dormindo profundamente.

Comecei a preparar a mesa para comer. Não eram nem sete horas quando Sandra chegou, iria passar o dia comigo, veio com Beto de lancha e no final da tarde iriam para a Ilha do Mel. Em voz baixa disse a ela:

— Não fale alto, não quero acordar ele agora. — E apontei para a porta do meu quarto que estava toda aberta.

— Ele quem? — disse ela quase sussurrando.

— Aslan.

— O quê? — ela disse quase sem voz, apenas movimentando os lábios.

— Depois te conto.

Uma hora depois fui até a porta do quarto e ele estava acordando.

— Bom dia, quer café?

— Seria bom.

— No banheiro está sua bermuda e tem uma camiseta limpa.

Quando saiu do quarto, entreguei a ele uma xícara de café. Ele bebeu lentamente, em pé, encostado no pilar da varanda, ao lado da mesa.

— Devem estar preocupados comigo em casa, principalmente porque saí cedo da festa ontem e Enzo viu que eu não estava muito firme.

— Firme? — disse eu sorrindo. — Mas não se preocupe, pois ele deve ter visto seu carro estacionado em meu portão quando voltou para casa.

— É "vero" — ele disse, usando uma expressão italiana.

— Se quiser ir, fique à vontade — disse eu.

—Vou, sim, depois conversamos, certo?

Apenas acenei com a cabeça.

Depois que ele saiu, Sandra com um sorriso malicioso me disse:

— Também quero um desses saindo do meu quarto de manhã. Quero os detalhes sórdidos.

— Não é o que está pensando, mas vamos à praia que te conto. Vai arrumando as coisas enquanto alimento minha turma.

—Ok, vamos *lagartear* e colocar as fofocas em dia.

— Estar com você já é um excelente programa, pegue duas cadeiras e bebida gelada e vamos lá.

Ficamos quase toda a manhã na praia, atualizei ela dos acontecimentos. Contei a conversa na lancha, da noite em que ele me levou para casa no colo, o encontro no mar, e quando falei do chuveiro ela quase saltou da cadeira.

— Você é mais corajosa do que eu pensava, ou devo dizer maluca? E se você o mandou embora, como veio parar na sua cama ontem?

Expliquei o que tinha acontecido.

— Estou um pouco assustada, não quero permitir que ele entre e saia apenas quando for interessante para ele. Temos vidas muito diferentes e estou percebendo que quem vai sair perdendo no final sou eu, quem tem vazios sou eu, é fácil para ele se acomodar dessa forma.

— Não se desvalorize, você sabe que é especial, entenda que é você que não é para *o bico* dele. Bico é coisa de gavião, essa foi boa — completou rindo. — E se ele tentar fazer isso, você, como uma boa sereia, hipnotiza ele, e joga fora com um bom golpe de nadadeira.

Conversamos e nos divertimos. Voltamos para casa para almoçar.

De tarde, já eram umas quatro horas quando Beto apareceu no meu portão. Veio avisar Sandra que iriam para a Ilha antes de escurecer, e nos convidou para ir até a praia, estava com amigos e queria que nos juntássemos a eles.

Pensei que talvez não fosse uma boa ideia, mas Beto insistiu argumentando que assim poderíamos ficar todos juntos e que eles iriam logo para a Ilha. Acabei aceitando. Nesse dia não haviam levado as barracas, apenas umas cadeiras em semicírculo na areia.

Quando chegamos, Renan, um amigo de Beto que iria para a Ilha com eles, levantou e se juntou ao nosso grupo, conversamos sobre ondas e surf. Em seguida Aslan veio ao nosso grupo.

O clima tranquilo de conversa leve durou pouco. Viviane veio até nós, segurou o braço de Aslan e me perguntou:

—Então você é a vizinha que gosta de surfar com meninos?

—Viviane... — disse Aslan tentando adverti-la.

— "Anladin; ben hallenderin", disse eu em turco para Aslan ("Deixa comigo; eu cuido disso").

Aslan sorriu e eu pisquei para ele.

— Meu nome é Vitória, e o seu?

—Viviane. E o que você disse para ele?

— Nada, apenas o cumprimentei. E, sim, gosto muito de surfar e em boa companhia. — E virando de costas para Viviane eu disse aos três amigos: — Venham na minha casa comer antes de ir para a Ilha, tenho uma mesa cheia de guloseimas. Vamos? — E fui com eles sem me despedir.

Logo depois que saímos, o grupo que estava na praia com Aslan resolveu que iriam terminar a tarde em um quiosque próximo. Quando Viviane se levantou para ir, Aslan a chamou.

— Sente aqui, precisamos conversar.

— Aconteceu alguma coisa? Já há algum tempo te vejo distante, temos conversado pouco. Inclusive você saiu cedo do aniversário da Sofia, sequer se despediu. Está com algum problema?

— Por que foi tão irônica com a Vitória?

— Então o problema chama-se Vitória?

—Não, Viviane, com certeza Vitória não é um problema. A pergunta não foi sobre ela, foi sobre você.

— Já te conheço há bastante tempo, sabe o quanto seu apoio e de sua família foram importantes durante meu processo de separação e o quanto foi difícil. E eu estive ao seu lado depois do acidente, temos o apoio de sua mãe, e os mesmos amigos. O que falta? O que mudou?

— Reconheço seu apoio e sou profundamente grato a você. Mas não funciona. Aprendi há pouco tempo que o importante não está em o que posso ou devo, e sim em o que quero. E que é apenas dessa forma que terei as respostas para o que procuro. Você consegue falar comigo começando sua frase com "eu quero" e falar de forma transparente? E está preparada para ouvir minha resposta em que eu também comece com "o que eu quero é"?

— Quer saber o que realmente penso?

— É isso que estou pedindo.

— Ainda digo que o problema se chama Vitória. Acha que não percebi como ela olha para você? Que você saiu no aniversário do Enzo logo após ela sair? Que passou a tarde conversando com ela na lancha? E tenta me dizer que ela não é o problema?

— Voltamos sempre às mesmas coisas, quantas vezes já tivemos conversas parecidas com essa? Sempre termina com o problema sendo outra pessoa, nunca nós mesmos. Eu já vivi isso com a Patrícia, e agora se repete. Por isso digo que não funciona.

— Agora você passou dos limites, quer me comparar com Patrícia? Você sabe que nunca faria com você o que ela fez.

— Desculpa, não quis comparar com você, apenas é como me sinto tendo esse tipo de discussão.

— E você acha que vai encontrar o que procura em alguém como Vitória?

— Por favor, gostaria que não andássemos em círculos, já disse que não se trata de Vitória. A primeira pergunta era sobre ser irônica, e ser grosseira com ela, quando seu problema era comigo, não concorda que deveria ter falado comigo antes, e isso sem considerar que antes já havia feito comentários sem conhecê-la, julgando sem saber? Você tem ideia das consequências que poderia ter? Ela é professora de adolescentes, o que isso poderia implicar? E ainda sem ser sobre Vitória, e sim sobre você, quero entender o que significa para você a frase "alguém como ela"?

— E eu preciso explicar? Ou quer me dizer que não enxerga que ela não vive no mesmo mundo que nós, não pensa da mesma forma, que tem outros valores, que não se encaixam com suas necessidades, seus amigos, o que acha que sua mãe diria?

— Primeiro, realmente concordo com você que ela não vive em um mundo como o nosso. Segundo, o que diria minha mãe se conhecesse alguém que vive de forma diferente do que conhecemos, deveria perguntar a ela, e não concluir de forma preconcebida, talvez você nem saiba como pensa minha mãe.

"Percebe que, como você mesmo diz, nos conhecemos há bastante tempo, e sequer entendo sua forma de pensar, e quais seus valores. Por isso repito que não funciona. O que você quer não tem nada a ver com o que preciso. Já se passaram quase quatro anos, você pode me dizer o que realmente quer e o que espera de mim?

— O que quero? Sempre acreditei que poderíamos viver juntos, formar uma família, mas estou percebendo que você não pensa o mesmo. Posso saber o que você realmente está querendo dizer com essa conversa?

— Eu já disse. Não funciona pra mim.

— Você está terminando comigo?

— Quero.

Nesse momento Aslan entendeu realmente a força dessa palavra, poderia ter dito: "não podemos continuar assim", mas realmente saber o que queria e expressar dessa forma o fazia perceber que não seria necessário dizer mais nada.

— Quer ir ao quiosque? — perguntou Aslan se levantando.

— Não. Você me leva pra casa?

— É claro que levo.

Fizeram o caminho em silêncio, e quando chegaram à casa de Viviane, antes de descer, ela lhe disse:

— Você precisa pensar mais e colocar suas ideias em ordem, conversamos outro dia, certo?

— Não, Viviane, já coloquei minhas ideias no lugar e fiz minhas escolhas.

Mudanças

Estar confortável em ter rotina pertence à minha natureza, e já há algum tempo minha rotinha incluía coisas novas. Não encontrar Aslan pela manhã abria uma lacuna nessa rotina, como se o dia resistisse em começar.

Os dias que se seguiram ao confronto com Viviane ficaram incompletos. Sequer o via na janela. Seu carro não estava na garagem, por isso concluí que estaria viajando.

Na quarta-feira pela manhã fui à confeitaria comprar pão. Fábio estava lá tomando seu café matinal. Quando me viu entrar, de pronto me chamou.

Pedi um suco e me sentei com ele. Estava animado, era o aniversário de casamento dele. Contou-me empolgado que havia preparado uma noite especial para Estrela, inclusive havia levado as crianças para a casa dos avós.

— Esse é o caminho para o *felizes para sempre*, e acredite sempre nos contos de fadas, quando queremos eles se realizam — disse batendo de leve na mão dele.

— E para você, acredita que ainda cabe um conto de fadas?

— Às vezes acho que atualmente estou mais para Fada Madrinha e outras vezes continuo procurando o "Espelho, espelho meu".

— Até imaginei você como Madrasta Má, parada em frente ao espelho — disse Fábio. — E acredito que contos de fadas podem ser para todos, a qualquer tempo, e não precisa ser apenas aqueles que já conhecemos, vocês podem construir um novo, daqueles que não são contados para crianças.

— Mesmo assim ainda precisa de uma princesa e um príncipe. Está certo que Shrek também é um conto de fadas e Fiona é princesa. — Rimos da comparação.

Mudei de assunto contando a ele que tinha terminado o quadro do Cavaleiro e que na sexta-feira iria a Curitiba para colocá-lo no Terreiro. Como tinha fotos no celular, mostrei a ele e contei que o altar era um vitral feito por mim, que levou quatro meses para ficar pronto. E que praticamente tudo que adornava o terreiro eu mesma havia feito.

— Estrela fala quase todos os dias, me pedindo para levá-la. Acho que vou aproveitar que você estará lá e iremos.

— Ficaria encantada de tê-los lá. Tenho muito orgulho do que construímos. O lugar é lindo, e a energia mais ainda. Quando vou toco atabaque, junto com minha neta, a Bianca, e com a batida no couro e o canto, me recarrego e me fortaleço. Tenho certeza de que vão gostar. Vou te passar a localização, é na sexta-feira e começa às vinte horas.

Perguntei se havia visto Aslan.

— Muito pouco nos últimos dias, ele viajou duas vezes para a filial em Florianópolis. Ele ligou ontem à noite e marcamos de nos encontrar amanhã quando voltar de viagem.

—Também não o vi esses dias.

Nos despedimos. Voltei para casa contente de poder encontrar Fábio e Estrela na sexta-feira.

Para Aslan foi uma semana intensa, precisou viajar para Florianópolis a trabalho por três dias. Sabia que Viviane não desistiria tão fácil e nisso o tempo seria bom amigo para pôr os pensamentos em ordem. E realmente foi necessário, pois quando voltou, logo pela manhã, durante o café, sua mãe lhe perguntou:

— Rompeu com Viviane? Por quê?

— Mãe, há algum tempo precisamos conversar.

Aslan sentou-se ao seu lado e segurou sua mão.

— Já se passaram quatro anos e você sempre esteve ao meu lado, me apoiou em todos os momentos, eu não teria me recuperado sem sua dedicação, mas o tempo passou e agora estou bem. Entendo que quer que reconstrua minha vida, e enxerga em Viviane a mulher, a família que considera minha felicidade. Mas não é assim. Não sou mais um menino que precisa começar a vida, entendo isso como retroceder, não quero viver as mesmas coisas. Tenho você, papai e o Enzo, e isso para mim é a família que preciso.

"Ainda estou descobrindo o que quero e o que pode realmente ser melhor para minha vida. E uma resposta já tenho, com certeza não quero o que Viviane tem a me oferecer. Não se preocupe, apenas quero que apoie minhas escolhas, e você sempre foi ótima em fazer isso."

— Mas vocês vêm juntos nesses anos, sempre achei que se casariam. Ela pertence ao nosso meio, seus amigos são os mesmos. É uma moça estudada, pode lhe dar filhos.

— Mãe... Percebe o que está dizendo? Tudo o que acaba de me dizer é perfeito. Mas quem teria que estar à sua frente seria o Enzo. As qualidades que vê em Viviane são as que vê um menino que está começando a vida.

Ele a abraçou, e com muito carinho disse a ela:

— Fique tranquila, vou saber me fazer feliz.

Aslan foi jantar na casa de Fábio naquela noite. Levou chocolate para Estrela e um vinho especial para Fábio, presentes pelo aniversário de casamento deles. A comida estava muito boa, Estrela cozinha bem. E a conversa acompanhava o sabor de cada porção.

Quando Estrela se levantou para tirar os pratos, Aslan contou a Fábio:

— Terminei com Viviane.

— Quando falou com ela?

— Domingo na praia. Sábado, bebi um pouco além da conta, e fui parar na frente da casa de Vitória. Acordei pela manhã na cama dela, de banho tomado e com uma bermuda do neto dela. Não sei se foi um sonho, mas lembro da sensação de ter ela acomodada em meu colo até adormecer. Quando acordei pela manhã, ela me serviu café, não perguntou nada, não me cobrou nada. Aquilo parecia que pertencia à minha vida. Ainda realmente não sei o quero, mas quando conversei com Viviane à tarde, a certeza do que não quero estava muito clara.

— Na verdade você já terminou com Viviane há tempos, você apenas contou isso a ela no domingo. Certo?

— Você tem razão, enquanto falava com ela não tinha nenhuma dúvida em nada do que dizia.

Estrela chegou com café para Aslan e licor para Fábio. Ela provocou:

— E como está se sentindo voando livre e despreocupado? Agora só tem que tomar cuidado com as redes, nada de voar muito baixo. Apesar de não acreditar que você vai conseguir evitar os *rasantes* pela praia.

—Você não perde a chance de me provocar.

— Não é provocar, Aslan. Se você permitir, eu posso te dizer o que percebo.

— Mesmo que eu diga que não quero saber, você vai dizer assim mesmo. Então fale, Estrela.

—O Fábio me disse que você não entende por que ela. Mas o tempo que te conheço me proporcionou a oportunidade de te observar bastante, principalmente observar as pessoas com quem você convive. O que acontece é que você ainda não tinha encontrado alguém tão fora de seu mundo. Está acostumado com mulheres que quando olham para você o veem apenas por fora, ou apenas o que tem a oferecer. E ela mal te enxergou.

"Com mulheres vazias, com pouco conteúdo. E ela é culta, mágica e intensa.

"Com mulheres que não sabem aonde vão. E ela sabe e confia no que sabe.

" Com mulheres que te dão a carne. E ela transforma a carne em prazer da alma.

" Com mulheres conformadas e acomodadas. E ela é rebelde e irreverente.

" Com mulheres lindas e sofisticadas. E ela é bonita e não se importa com isso.

"Com mulheres superficiais. E ela explora suas profundezas.

"Com mulheres que te mantêm preso na sua realidade falsa. E ela te transporta a um mundo desconhecido que se funde com a suas fantasias. Entenda que ela já mudou sua vida, ficando você com ela ou não. Sabe por quê? Porque você age como um homem apaixonado.

— Dessa vez não vou dizer para você pegar mais leve, digo que não precisava ir tão fundo. Ou está querendo que o Fábio vá fazer massagem no seu lugar enquanto você assume o consultório dele?

— Isso não tem a ver com psicologia, eu apenas enxergo você. Para mim você sempre foi muito transparente.

— Fábio, você não se preocupa que eu roube sua esposa?

— Nunca! Você me devolveria ela em dois dias. Acho que agora você já tem com quem se preocupar. Por falar em Vitória, ela terminou o quadro do Cavaleiro Templário e vai amanhã para Curitiba levá-lo para o terreiro, nos convidou para ir visitar. A Estrela não me deu a chance de dizer não, mesmo que eu não quisesse.

— Você tem o endereço e o horário?

— Tenho.

— Me manda. Quem sabe eu apareça lá.

Era um quadro de bom tamanho, tinha um metro de altura por 60 cm de largura. Um Cavaleiro Templário vestido e armado, com seu escudo a lhe proteger. A mistura de materiais lhe dava vida, capturando a nobreza e determinação de um guerreiro, de um Ogum de Lei. Poder pendurá-lo na parede representava para mim o fechamento de um ciclo. De cumprir uma atribuição que me fora conferida por essa espiritualidade tão generosa, há tanto tempo. E, depois de tanto tempo, estava novamente em frente ao altar, lugar que ocupei ao lado dele por quase vinte anos.

De onde eu estava via Fábio e Estrela, sentados no espaço reservado às pessoas que vêm em busca de seus alentos, para o alívio de suas aflições ou o conforto de poder se conectar com o divino. A presença deles aliviava meu coração, permitindo que pudesse entender e aceitar meu passado e meu presente.

Chamamos nosso culto de gira ou trabalho, e Beatriz substituiu o pai nessa missão. Assim como o pai, inicia os trabalhos com uma preleção, voltada à assistência, quando pergunta sempre quem está ali pela primeira vez. Buscando oferecer palavras de conforto e esperança através da conexão com o divino.

— Meu pai sempre oferecia a gira a vocês que estão aqui pela primeira vez. Agora continuo oferendo a vocês, e também a ele. Porque toda gira é para ele e por ele. Hoje em especial à minha mãe, pois além da presença de vocês, recebemos um presente precioso que vem completar nosso espaço, como tudo que adorna essas paredes, mais um elemento feito de amor pelas mãos dela.

Aslan já havia chegado. Em pé encostado ao lado da porta, eu não o via. Decidiu ir, precisava conhecer seus mundos para conhecê-la. Para ter as respostas que queria, precisava entender quem era ela.

Após a abertura dos trabalhos as pessoas presentes recebem um passe, que é um ato de conexão espiritual, onde a energia que flui das mãos dos médiuns busca harmonizar e restaurar o equilíbrio, proporcionando renovação para aqueles que o recebem. Nesse momento aproveito para tocar ataba-que junto com minha neta Bianca, que apesar de ter apenas 13 anos já domina essa arte. A batida ritmada do atabaque não apenas guia a cerimônia, mas proporciona um sentimento de pertencimento, propósito e espiritualidade.

Antes de iniciar as consultas individuais temos um inter-valo, nesse momento fui até onde estava Fábio. Sandra e Jaqueline já estavam no grupo em uma conversa animada, encantadas com Estrela e o fato de ter o mesmo nome do guia que trabalha com Beatriz. Foi quando Aslan se aproximou.

Não posso negar que a presença inesperada dele me perturbou. Mas o encantamento de Estrela com o que via e experimentava não dava espaço para que pudéssemos dizer qualquer coisa.

A certa altura Fábio perguntou se eu voltaria no mesmo dia.

— Gostaria de voltar, mas viemos apenas com meu carro e Beatriz precisa ficar mais um dia.

— Se quiser pode voltar comigo e com a Estrela — con-vidou Fábio.

— Não se preocupem, ela vai voltar comigo — disse Aslan, olhando em meus olhos, com uma entonação determinada.

Reagindo como se fosse uma criança que recebe uma ordem paterna, apenas concordei. Depois retornei ao atabaque durante o ritual que dava abertura aos trabalhos de consulta daquela noite. Com o início das consultas, as atividades dos atabaques eram suspensas. Naquele momento fui até Aslan e disse que iria trocar de roupa, pois durante a gira usamos exclusivamente roupa branca, e que poderíamos ir. Ele disse que eu poderia ficar o tempo que quisesse que ele esperaria.

Fiquei apenas mais um pouco, e fui trocar de roupa, não conseguia mais me concentrar. Então entrei no carro em silêncio, sem entender o que ele realmente fazia ali, ou o que significava estarmos voltando juntos para casa. Ele dirigia intercalando o olhar entre a estrada e meu rosto.

Depois de um bom tempo em silêncio, não resisti:

— Por que veio?

— Preciso entender quem é você, e já percebi que não me dirá muito mais do que já sei. Que não me considera *pessoa inteira*. Mesmo tendo compartilhado comigo o que entendo não ter compartilhado com mais ninguém há muito tempo. Ao menos foi o que soube.

— E o que isso significa para você?

— Você me perturba. Primeiro era apenas sua presença, agora sua ausência também. Preciso de ajuda para entender isso. Fui jantar na casa de Fábio esta semana e a Estrela me disse algumas coisas que, além de não ajudar com respostas, me confundiram mais. Além de fazer com que minhas certezas fossem *por terra*, fez com que trouxesse à tona coisa que achava que já tinha enterrado há bastante tempo. Tinha certeza de que não queria e não iria mais viver sentimentos que considero, como diria, perigosos e volúveis.

"E principalmente quando me levou ao seu chuveiro, acreditava que me levaria lá para me dar, mas no final foi você quem me tomou. Tirou de mim sensações que não conhecia e tomou-as para você. A Estrela me disse que você transforma a carne em prazer da alma. Esse talvez seja o conceito mais próximo que possa explicar.

— Entenda, eu não sou especial, apenas tenho uma bagagem construída de forma especial, e isso, concordo, não pertence ao que você conhece ou convive. Não vou te perguntar novamente o que quer de mim, porque já entendi que você não tem essa resposta. E, com o que me disse agora, tenha certeza de que se tornou pessoa inteira. Mesmo assim não significa que esteja apto a entrar na minha vida."

Voltamos a ficar em silêncio até estarmos em casa. Antes de descer do carro, disse a ele:

— Já te disse uma vez que você não cabe em minha vida como amigo. E também preciso que saiba que não quero, e não aceito, ser um *escape* na vida de ninguém. Conheço profundamente o que é ser o centro, o tudo na vida de alguém para nessa altura de minha vida me contentar com menos.

"Você pode achar que isso que digo é pressioná-lo de alguma forma. Pode pensar o que quiser, pois isso cabe apenas a você, não a mim. Entenda que não estou te pedindo nada, apenas te mostrando novamente como funcionam meus espaços e quem habita neles. As portas estão abertas apenas para quem queira entrar dessa forma.

"Quando o conheci você *mexia* comigo, hoje mexe com meus pensamentos, principalmente com todas as certezas que venho construindo há muito tempo, derrubando meus escudos, minhas defesas. A única certeza que me sobrou é de que, se puder, não vou permitir que isso aconteça."

Decisões

Ainda adolescente, no ensino médio, estudamos a história de vários países, para que ao estudarmos nosso país conseguíssemos entender nossas origens. Quando estudamos sobre a Espanha, esse país, sua história e sua cultura me marcaram como se em algum tempo já tivesse vivido lá, sabia que em algum momento iria até lá, precisava caminhar por suas ruas, seus castelos, suas construções religiosas, em sua diversidade, tocar seus mosaicos, sentir seus cheiros e suas cores, queria ouvir as memórias guardadas em suas pedras, tinha a sensação de que assim me reencontraria com meu passado.

Um passado guardado em minha alma, em uma ancestralidade que apenas sabia me pertencer, mesmo sem documentos ou provas. Como no mar, me sentir pertencente, aliviar essa sensação de ser estrangeira. Talvez a construção de um novo mundo para minha vida. Não um mundo habitado por elementos que vivem do lado de fora, mas um mundo repleto de vida interior.

A princípio eram planos para algum dia, mas vinha percebendo que este momento era perfeito, não seria fugir, mas apenas, se possível, pausar a força do passado e a urgência do presente em minha vida. Estava na hora de transformar sonhos em planos.

Tiraria a semana para resolver isso. Como estávamos no início das férias, tinha dois meses sem me preocupar com as aulas na faculdade. Meu passaporte estava em ordem. Lucas seria capaz de atender às necessidades de meus companheiros em casa. Entraria em contato com a Sabrina, uma amiga que morava em Madri já há alguns anos. Isso facilitava muito minha decisão.

Quando contei para Sandra meus planos ela pediu que antes de eu embarcar fôssemos passar um final de semana na Ilha. Como seu aniversário seria na semana seguinte, estavam organizando um *luau*, queria aproveitar a lua cheia no sábado. Achei a ideia deliciosa.

Não encontrei Aslan por dois dias.

A quarta-feira foi um dia quente, sem nuvens nem brisa, uma letargia contagiante tomou conta da casa. Terêncio nem quis sair de seu lago, levei-lhe peixe no quintal. À tarde me sentia cansada. Com o calor excessivo, nuvens foram convidadas a se acumular trazendo um pouco de frescor. Convidei a Kika para tomarmos um banho de mar; ela, destemida, gostava de entrar no mar comigo. Em pouco tempo as nuvens transformavam-se em uma deliciosa chuva de verão, lavando o sal do corpo. E do mesmo jeito que veio a chuva se foi, permitindo que um lindo arco-íris mostrasse ao horizonte a paleta de cores para inspirar mais um entardecer.

Quando decidi voltar vi que Aslan me esperava sentado em meu banco. Com um gesto de mão me convidou a sentar ao seu lado.

— Sentiu saudades? — perguntou, sorrindo com o canto da boca.

— Você vai acreditar se eu disser que não?

— Não. Quero realmente acreditar que sentiu minha falta. E que essa falta abriu um espaço dentro de você, para que eu caiba nele.

— Sabe, você diz que tem pouco espaço em você, mas talvez já tenha percebido que em mim ele é do tamanho de uma mansão vazia. Com paredes enfeitadas com muitas lembranças. Talvez tenha percebido também que me tornei exigente na escolha da mobília e dos adereços. E com o que temos conversado acredito que devo te contar uma decisão que tomei. Vou para a Espanha.

— Como para a Espanha? Você vai embora? Não pode nos deixar. Você acha que é simplesmente apagar a luz e seu *Mundo Mágico* some? Quem vai dançar com o Terêncio? Como vai ficar seu beija-flor sem poder pousar em sua mão e te olhar apaixonado? Nas pernas de quem seus gatos vão se enrolar pela manhã? Quem vai acalmar a Morena quando se puser a gritar?

Enquanto ele falava, eu sorria.

— Calma, não é para sempre.

— Ah! Já ia colocar a mão em sua testa para ver se não estava com febre, delirando. Vai para ficar alguns dias?

— Tenho até dois meses para ficar, antes que voltem as aulas.

— Dois meses também é bastante tempo. Por que esse tempo todo?

— Para mobiliar meus espaços e descobrir se realmente preciso que alguém os ocupe, ou se não é o suficiente para caber a mim mesma.

— E o que eu faço durante esse tempo? Eu lhe disse sexta-feira, sua ausência me perturba. Posso não ter as respostas que preciso, mas já entendi o que não preciso, e uma dessas coisas é sua ausência.

—Você tem todos os atributos para saber usar esse tempo a seu favor, tem sua família, seu trabalho, seus amigos, suas ovelhas, a Viviane, uma situação financeira que te permite tudo que o *Mundo Real* pode comprar. Construí meu *Mundo Mágico* para poder pôr em minha vida o que me faz bem e poder tirar o que possa impedir minhas felicidades. E você, mesmo vivendo no *Mundo Real*, pode fazer o mesmo com sua vida.

—Como te falei antes, posso ainda não entender o que realmente quero, mas já sei bem o que não quero. Como você me ensinou, tirei o *posso ou devo* e troquei pelo *quero*. Isso me ajudou muito. Entendi que Viviane não faz parte do que quero para minha vida; essa forma de ver ajudou muito quando disse isso a ela e também quando minha mãe questionou minha decisão.

— Esse é o caminho, e leva algum tempo, use ele e arrume sua vida.

—Quando você vai?

—Estou me programando para no máximo em uns dez dias.

— Fica comigo este final de semana?

—Iria te dizer que não posso e te dar uma desculpa, mas tenho que ser honesta comigo e te dizer que não quero. Talvez tenha passado a você a impressão de que sou uma mulher madura, que sabe o que quer, e como conseguir. Sou apenas arrojada, mas tenho medos e inseguranças. Fico o tempo todo me convencendo de que não estou fugindo, mas estou. E te ver ou ficar próxima de você piora, me enfraquece. Este final de semana vou para a Ilha do Mel com Sandra, irmã do Beto, é aniversário dela e ela programou receber os amigos, vamos fazer um *luau*. Acredito ser melhor assim.

Entrega

A Ilha do Mel é um verdadeiro refúgio, suas praias oferecem areias brancas e águas cristalinas. Suas trilhas proporcionam vistas de uma Mata Atlântica preservada, garantindo fauna e flora de riqueza sem igual. O portão da casa beija a areia que segue a trilha de restinga.

Quero contar a você sobre uma experiência Mágica, sim, mágica é a única palavra que encontro para descrever o que é a "Ardentia", nome que os pescadores locais dão para o fenômeno provocado pelos Plânctons no mar. Um espetáculo de luz. Como se a água do mar se cobrisse de purpurina prata. Para você entender, são microrganismos que ficam suspensos na água e brilham em noites muito escuras.

Vivi essa experiência com meu marido, quando um pescador nos convidou em uma noite sem lua a conhecer essa maravilha. Fomos em um pequeno barco de madeira, circulando uma ilha próxima, longe das luzes da cidade. E de repente, quando o remo afundou na água, o mar apenas "acendeu" iluminado por uma luz neon. Sentada naquele minúsculo barco podia deslizar minhas mãos na água, e ela também se iluminava. As ondas provocadas pela pressão de minha mão respingavam em luz, e quando tirei a mão, elas continuavam acesas. Naquele espetáculo de luz me sentia como se tivesse sido transportada a outro planeta. A um *mundo de fantasias* que se confundia com o *Mundo Real*. Era a verdadeira manifestação do divino em forma de beleza.

A Ilha do Mel pode te proporcionar essa experiência. Se um dia tiver a oportunidade, não perca. É único.

No sábado pela manhã Fernanda nos levou de carro até Pontal do Sul; Beatriz, Rodrigo e as meninas foram comigo, e de lá fomos de lancha até a Ilha.

Estávamos em quinze pessoas, e formávamos um grupo bem animado. Beto toca violão, o que não podia faltar em um bom *luau*. Me propus a fazer o almoço; sem falsa modéstia, cozinho muito bem. Enquanto as *meninas* preparavam os petiscos e as guloseimas para a noite na praia, os *meninos* passaram o dia montando uma boa fogueira, instalando as tochas para ajudar na iluminação, e armando uma tenda, que decoramos com lenços, esteiras e almofadas coloridas. Decidimos que todos vestiriam branco e fizemos colares de flores coloridas.

Um pouco antes de escurecer nos instalamos na praia. Quando o sol começou a se pôr espalhou pelo céu todas as cores de que era capaz, estendendo esse tapete multicor para a lua se mostrar, como uma noiva, arrastando seu véu prata pelo oceano, nos iluminando com toda a sua beleza.

Laura e Bianca se divertiam perseguindo pequenos siris pela areia. Sentei-me entre Jaqueline e Beatriz, e Renan veio com coquetéis coloridos.

No mar, na mesma direção da casa havia um pequeno ancoradouro onde estava a lancha do Beto. Então percebemos outra lancha se aproximando e aportando ao lado. Sem muito esforço reconheci. Era a lancha de Aslan.

De onde estávamos, percebíamos apenas o vulto, como uma sombra, vindo em nossa direção. Mesmo que não tivesse visto a lancha, saberia que era ele, o porte e a maneira como caminhava foram reconhecidos pelas batidas descompassadas de meu coração.

Ele se aproximou, Beto foi ao seu encontro cumprimentando-o, juntaram-se ao grupo dos *meninos*, conversaram de forma animada, um tempo depois se afastou do grupo e veio em nossa direção.

— As *moças* têm uma bebida para me oferecer?

— Temos cerveja, vinho e caipirinha — falou Sandra, levantando-se e indo na direção da tenda.

Aslan veio na minha direção e disse:

— Se eu pedir duas taças de vinho, você vem comigo até o barco? Vim para conversarmos.

Levantei-me sabendo que não queria e nem iria recusar, o que tínhamos construído não permitiria resistência, seria no mínimo infantil de minha parte negar.

— Então eu pego as taças, você leva a garrafa de vinho.

Quando Aslan se virou na direção de Sandra, que estava na tenda, as *meninas* me bombardearam de perguntas, feitas apenas com gestos, eu respondi que não entendia o que estavam perguntando, também com gestos. Quando Aslan virou novamente em nossa direção, estávamos quietas e paradas, como se nada tivesse acontecido.

Quando chegamos à lancha Aslan me levou ao mesmo banco onde ficamos na primeira vez. Ele foi até o interior da lancha e trouxe uma manta; apesar da noite não estar fria, ventava muito. Sentou-se ao meu lado, próximo o bastante para seus braços enlaçarem minha cintura e garantir que ficássemos totalmente encostados.

Quando quis falar ele pôs o dedo em meus lábios e me disse:

— Agora não, espere um pouco, daqui a pouco conversamos.

O silêncio e nossa proximidade fizeram com que me acomodasse em seu ombro e aproveitasse aquele momento de aconchego e conforto.

Depois de um tempo, sem se virar ou olhar para mim, falou:

— Fica esta noite comigo, não estou te pedindo para dormir comigo, mas para acordarmos juntos pela manhã. Quando estávamos no mar e você me explicou o que realmente significava estar ao lado de alguém em silêncio, abriu dentro de mim um querer. Algo que nunca tive ou experimentei, mas que passei a vislumbrar e percebi que apenas você pode me proporcionar isso. Agora você me diz que vai ficar longe por muito tempo, não sei se consigo esperar tanto.

Naquele momento senti uma estranha sensação de intimidade. Estranha por estar ao lado de alguém desconhecido. Mas talvez explicada pela possibilidade de experimentá-la novamente.

Ele pedia não apenas para estar ao lado dele naquela noite, mas para dormirmos juntos. E dormir com alguém é a expressão da verdadeira intimidade. Como se esse sono embalasse os sonhos de ambos permitindo que se misturassem em um único sonho. Um ato de extrema confiança.

A voz da razão soava clara dizendo que, mesmo se possível, seria no mínimo arriscado. Apesar de toda essa nitidez, sua voz não conseguia calar e esconder as vozes de todos os outros sentidos, alguns apenas pedindo, mas outros implorando.

Minhas defesas eram lentamente derrubadas. Principalmente porque, além do braço que me mantinha apoiada em seu corpo, confortavelmente protegida, sua mão acariciava meu rosto, com toques de pura súplica.

— Sabe, quando um rio, com nascente em uma serra íngreme, começa sua trajetória, desce a princípio com a velocidade própria de sua juventude, naquele momento ele tem pressa. Quando atinge a base da montanha, já tendo absorvido toda a experiência dessa caminhada, passa a deslizar de uma forma mais lenta, sem mais trazer a seu leito nem as pedras, nem os galhos desnecessários. Ele observa seu trajeto e seus caminhos com sabedoria e leva consigo apenas o que lhe pertence. Entende que já fizemos isso? Que já trouxemos todas as experiências necessárias para que neste momento possamos fazer nossas escolhas? Por esse motivo é que preciso me afastar, para escolher o melhor rumo. Se você não estiver certo do que quer, a distância te dará a perspectiva necessária, e se estiver certo do que quer, esse tempo longe não irá alterar nada em sua escolha.

— Tudo isso que está dizendo é para mim ou para você mesma?

— Agora quem marcou foi você, dois a um.

— Por que dois a um?

— Quando falamos em traduzir as palavras em turco, você não disse que era dois a zero para mim?

— É verdade, mas você ainda não me respondeu se o que disse era para mim ou para você...

— Não quero responder.

Eu disse isso levantando o rosto e olhando para ele, que aproveitou a oportunidade e me beijou. Em seguida me encostou novamente em seu colo.

Olhando no relógio me perguntou:

— Já são quase oito horas, não está com fome?

— Realmente com fome, muita fome.

Quebrando um pouco da magia, da intimidade compartilhada nos levantamos e caminhamos pela areia em direção ao grupo. Aslan insistiu em voltarmos de mãos dadas.

Estavam reunidos em volta da fogueira, a caixa de som com música cigana fazia com que o lugar fugisse de nosso tempo.

Sentamo-nos junto ao grupo, onde a conversa era solta e divertida, onde cada um contava situações que quando ocorreram eram tensas, mas que o tempo as tornou apenas *causos* em rodas de conversa. A história de Jaqueline foi a melhor, era sobre uma vez em que, em uma trilha, escorregou em um barranco e ficou pendurada em uma raiz aparente, gritou desesperada por ajuda, quase estava desistindo quando aparece seu irmão, que ao invés de ajudá-la, apenas ria. Parou de rir apenas para mostrar a ela que estava só a 30 cm do chão.

Então o tempo correu, com conversa animada e comida boa, depois aos poucos as pessoas foram voltando para casa, resolveram deixar tudo na praia e recolher apenas no dia seguinte, vantagem de um *luau* organizado na Ilha.

Apesar de estar sóbria, com certeza vou colocar a culpa no vinho. Quando Aslan se levantou e me estendeu a mão, sem questionar aceitei e voltei com ele para o barco. Fomos direto ao interior da lancha.

— Deve estar cansada, gostaria de tomar um banho para refrescar e relaxar? Te dou uma camiseta minha.

Quando saí do banho ele tinha servido duas taças de vinho.

— Na verdade não te pedi para passar a noite comigo apenas porque queria acordar juntos, quero te fazer uma proposta. Entendo que está decidida a viajar, mas poderia ao menos adiar?

— Não faz sentido adiar. Acredito realmente ser este o momento certo. Acho que consegui deixar claros meus motivos.

— Sente aqui ao meu lado. Ambos sabemos como nos sentimos, mais algum tempo ajudaria a entendermos o que significa isso para cada um de nós.

— Temos uma semana, acredito que é um bom tempo, mais que isso não vai mudar nada.

— Está bem, hoje não vamos mais falar sobre isso, pode ser?

Foi uma noite em que minha entrega me permitiu vencer, ao menos por um tempo, todo sentimento de abandono, sentir-me completa e vulnerável ao mesmo tempo. Diferente da primeira vez, entreguei o controle às mãos habilidosas e experientes dele, em que sentia se misturar a urgência de uma paixão intensa e a conexão emocional, transformando em gestos todo o sentimento que havia sido revelado em palavras.

Quando acordei o sol já avisava que faria sua entrada de forma magistral, Aslan ainda dormia um sono profundo, me enrolei em uma manta e subi ao convés. Sentada no mesmo banco onde conversamos, me entreguei ao espetáculo que nunca canso de acompanhar todas as manhãs.

Eram seis horas quando decidi ir à casa, de lá voltei ao barco com café, suco e sanduíches. Arrumei a pequena mesa que tinha no quarto, depois me sentei ao lado dele, esperando-o acordar.

— Bom dia! Quer café? — disse, sentada na beira da cama.

— Bom dia! Quero um pouco mais de você — disse me puxando de volta para o lado dele.

— Tem café, suco e sanduíche.

— Não basta seu mundo ser mágico, você tem a varinha de condão também? Pois deve ser daí que tirou café e suco.

— Depois te conto todos os segredos de uma sereia.

Tomamos nosso café, e não falamos sobre a viagem, isso foi bom. Quando eram oito horas voltamos a casa.

O dia, para mim, foi completo, família, amigos, e Aslan, que pouco saiu de meu lado. Enquanto fazíamos o almoço, os *meninos* foram desmontar e trazer para casa a barraca e as cadeiras que ficaram na praia na noite anterior.

Enquanto isso, na cozinha o único assunto era minha noite na lancha.

— E ainda assim vai viajar? — perguntou Jaqueline, inconformada.

— É lógico que vou, esse tempo vai definir se é isso que queremos e dar-nos a força para enfrentarmos uma relação em um formato que nenhum dos dois conhece, ou quem sabe entendermos que não é isso que queremos.

— Ah! Eu é que não ia correr o risco de perder tudo aquilo...

— Você sabe o que eu penso. Se perder por causa de um tempo distante, é porque já não era nada antes de ir.

— Ainda assim você é corajosa. Ou talvez covarde...

O almoço foi como um longo déjà-vu, do tempo em que minha vida era feita de mesa cheia; para você ter ideia, mandamos fazer uma mesa com 3,20 m, e às vezes faltava lugar, principalmente no café da tarde, que acontecia todos os dias. Essa saudade não doeu, veio até mim como uma doce lembrança.

Quando eram quatro horas resolvemos voltar para casa. Eu, Beatriz, Rodrigo e as meninas voltamos com Aslan.

Viajar

Fiz questão de manter minha rotina matinal. Mar, banho, café e alimentar meu povo. Manhã completa com Aslan me esperando sair da água antes de sua corrida. O trabalho não lhe permitiu mais que isso.

Em seguida me concentrei em começar a organizar minha viagem. Confirmei minha passagem para a próxima segunda-feira, entrei em contato com Sabrina, e combinamos que ela iria até o aeroporto. Aproveitou para me lembrar de que na Espanha estavam no inverno, precisava providenciar roupas. Ainda tenho boas botas do tempo de banco. Sandra garantiu uns casacos bonitos; se precisar, outras peças compro lá. Já havia acertado com Lucas, ele ficaria em casa para garantir não só a alimentação, como também companhia para meus companheiros. Para não exigir demais dele, Fernanda combinou com a moça que faz a limpeza do escritório dela para ir uma vez por semana garantir que a casa fique limpa. Tenho que pensar nesses detalhes, afinal a ideia é ficar bastante tempo. Começar os preparativos provocou um pouco de *frio na barriga*, tudo era muita novidade para mim, nunca viajei para fora do país, pois não considero viajar para o Paraguai como viagem ao exterior.

Ao final da tarde fui até a praia, tentei ler, mas não consegui me concentrar, estava muito agitada com os preparativos. Aslan chegou em seguida, sentou-se ao meu lado e me puxou para perto dele, ele calado e eu falando sem parar, fico assim quando estou ansiosa. De repente ele segurou meu rosto, se aproximou e disse:

— Calma, respire. Também estou ansioso com tudo isso, mas já entendi que você vai. Quero saber se vai ter um dia de folga esta semana.

— Sim, até amanhã termino de organizar tudo, quer fazer alguma coisa?

— Sexta vou passar a tarde na fazenda de ostras, gostaria de ir comigo?

— Isso vou adorar! Inclusive você já tinha me prometido.

— Quero muito que vá. Principalmente porque amanhã vou para Florianópolis e só volto na quinta à noite, tentei adiar, mas não consegui, queria ficar com você esta semana.

— Compensamos na sexta, certo?

— Na sexta, no sábado e no domingo.

— Domingo vou para Curitiba pela manhã, vou ficar na casa da Sandra, ela vai me levar ao aeroporto, o avião sai às seis horas da manhã.

— Vamos parar de falar em viagem, esse assunto não é *legal*. Fazemos o seguinte: vamos jantar e depois te trago para casa, pode ser?

— Perfeito.

Nesses dois dias a única coisa diferente foi na quarta de manhã, quando fui à confeitaria, encontrei Fábio e Estrela, aproveitei e tomei meu café com eles. Começamos falando sobre o terreiro, Estrela estava encantada e pediu que lhe contasse mais sobre a casa. Em seguida Fábio me perguntou se eu tinha visto Aslan, pois não tinha notícias dele desde a quarta-feira.

— Estive com ele no sábado, na Ilha do Mel. Então vocês não sabem que vou viajar na próxima segunda-feira?

— Para onde vai? — perguntou Fábio.

— Para a Espanha, estou me programando para ficar até dois meses.

— Dois meses? É bastante tempo. Aslan sabe?

— Sim, e para dizer a verdade não gostou muito.

— Eu avisei ele. Mas concordo com você que esse tempo é importante. Realmente o tempo coloca as coisas na perspectiva correta.

Como já eram mais de oito horas, precisavam ir trabalhar. Nos despedimos, com eles me desejando boa viagem.

Aslan mandou uma mensagem pedindo para no dia seguinte me preparar que ele passaria às nove horas para me buscar em casa. Achei que ficaria deslocada por estarmos juntos no carro, e principalmente que ir com ele até seu trabalho era realmente fazer parte de sua vida, participar de sua rotina. Mas para dizer a verdade estava muito à vontade, e gostei dessa sensação.

Foi uma manhã agradável e interessante. Principalmente o laboratório de inseminação artificial, um processo complexo, com um biólogo marinho especializado em aquicultura (que é a prática em cultivo de organismos aquáticos em ambientes controlados), garantindo que as práticas sejam sustentáveis e com um impacto mínimo no ecossistema marinho.

Fiquei encantada e entendi por que no dia em que conversamos sobre seu trabalho ele se mostrou tão empolgado. Almoçamos em um restaurante próximo à fazenda, o biólogo nos acompanhou, tive a oportunidade de aprender sobre o processo de inseminação e suas fases. Aslan me deixou em casa e foi trabalhar.

O sábado foi agitado, bem cedo fui ao mar, encontrei Aslan na praia e conversamos um pouco no banco, avisei a ele que minhas filhas viriam passar o dia comigo. Pediu para ir à minha casa depois que elas fossem embora, e eu concordei.

Para o almoço fiz uma boa macarronada com carne de panela, minha especialidade e o prato predileto de minhas filhas, desde criança macarrão era comida de festa. Para *matar saudades*, ficamos na mesa, emendando o almoço com o café da tarde. Supri-me com todas as lembranças que pude colocar na bagagem, nunca havia ficado longe por tanto tempo. Eram pouco mais de nove horas quando foram embora.

Aslan chegou em seguida.

— Quer um café?

— O que queria realmente era poder pedir que não vá viajar, mas como sei que isso você não tem para me oferecer, aceito o café. Prometi que não falaríamos mais sobre isso.

Aslan pediu para nos sentarmos na rede. Fui buscar dois travesseiros e uma manta.

— Quando estávamos no mar, você me disse que para sentir que se está ao lado de alguém, em silêncio, era preciso que contar o tempo não existisse, e sim deveria durar a intensidade dessa sensação. Então hoje vai durar para sempre? Não entendo como é possível ter a sensação de perder o que nem tenho. Mas é assim que me sinto.

— Não posso te dizer para que não se sinta assim, mas gostaria que entendesse que não está perdendo nada, está sim ganhando o tempo necessário para realmente entender o que quer e com isso construir de forma mais consciente seu querer, que virá tanto pelo coração como pela razão.

"Eu, talvez, com suas respostas, sejam elas quais forem, possa eliminar dentro de mim meus medos. Entendo que minhas respostas não devem nunca vir dependentes das suas escolhas, mas com certeza me ajudarão muito. E ter certeza do que queremos não é o ponto final, pois independente de nossas respostas, o que faço com elas acredito ser o mais difícil, a pergunta de como será isso em nossas vidas."

— Então, como prometemos, não vamos mais falar sobre isso, certo?

— Fico com você esta noite, e de manhã vamos para o mar juntos.

E assim foi.

Embarquei para uma nova aventura em um novo mundo desconhecido para mim.

Espanha

Viajar ao Velho Mundo é diferente de tudo que já conheci. Apesar de pertencer ao *Mundo Real*, sinto como se vivesse em um *Mundo Mágico*. Flutuando sobre suas estradas e cidades, posso ver suas cores, sentir seus perfumes e até tocar no *Mundo Mágico* de outras pessoas, convidada e acolhida por diversas peles, formas de sentir e de pensar. Assim como o mar, esses caminhos me levam ao meu *Mundo Verdadeiro*, fazendo parte do passado de minha alma.

Sabrina me recebeu como a uma irmã saudosa. Seu apartamento está localizado em um antigo bairro de Madri, chama-se Malasaña. Um bairro vibrante, que atrai residentes, estudantes e turistas, com seus prédios antigos e coloridos. Em suas ruas estreitas e sinuosas encontram-se diversos cafés acolhedores, lojas vintage, galerias de arte, livrarias e brechós, com grafites coloridos por toda parte, exalando cultura em cada esquina, criativo e rebelde. À noite, na variedade de bares, pubs e espaços de música ao vivo é possível encontrar desde música indie até o flamenco tradicional.

Além dessa atmosfera conta com uma rica história ligada à contracultura e ao Movimento La Movida dos anos 1980, tornando-a um símbolo da liberdade de expressão e da criatividade artística. Em poucos dias já havia construído uma boa rotina. Que me proporciona segurança e me permite me sentir pertencente.

Falava com Lucas diariamente por vídeo, acompanhando de perto a todos em casa. E combinei com Aslan que não nos falaríamos por duas semanas. Quase desisti desse propósito, mas consegui me manter firme.

A disputa travada entre os parceiros *bom senso e razão* já estava definida há muito tempo a favor da *paixão*. E o *destino*, da arquibancada, ria da infantilidade de todos.

E ao contrário de acalmar minhas inseguranças, contava com a complexidade para entender como isso se daria.

Não tenho como saber qual é a melhor escolha, nem comparar entre elas, pois o que virá dessa escolha estarei vivendo pela primeira vez. Não dá para primeiro fazer um rascunho para se ter uma ideia, porque o rascunho já é a própria escolha.

Toda a minha experiência vinha dos contos de fadas da infância, ou de outros, onde esses começos se davam em uma adolescência que sonhava com a possibilidade de construir juntos uma vida, que desejava conceber filhos, construir sua casa, transformá-la em lar. Crescermos e nos transformarmos ao longo do tempo, como diamantes brutos, com suas facetas irregulares, e com nossa persistência, regada de amor e respeito, obter a lapidação perfeita de facetas que se encontram em harmonia nessa caminhada.

Meu maior desafio agora era como traçar o encontro dessas pedras preciosas já lapidadas, por diferentes artesãos com seus desenhos distintos, e como percorrer essa complexa jornada. A busca por essas respostas se sobrepunha ao querer dos caprichos da paixão, ou apenas eram os medos de que as pancadas provocadas pela vida tivessem escurecido nossa visão, não nos permitindo enxergar a construção de nossas felicidades?

Após duas semanas, apesar de ter saudades de todos, de minha casa, do mar e do sol, entendia que ainda tinha muito a explorar, tanto sobre a Espanha como sobre mim mesma.

No segundo domingo resolvi conhecer uma feira cultural que se instala na praça principal do bairro. Agasalhei-me bem, com direito a botas, casaco de lã e gorro de pele. Estranhei um pouco o frio, mais intenso do que eu conhecia. Mesmo assim, andar ao ar livre por aquelas ruas coloridas me permitia passear por seu passado tão rico, com o qual me identifiquei, sentindo-me em casa.

Parei por um tempo em frente à porta do prédio para me adaptar ao frio. Nesse momento meu celular sinalizou que tinha uma nova mensagem.

"Você tem razão. O tempo é o melhor amigo para pôr as ideias em ordem. E agora entendo o que realmente se passou entre nós."

"Zaman bana seni sev söyledi."

"Zaman uzun bu yüzden misafeyi kisaltiyorum."

"Karsindayim, bana bak."

"O tempo me disse para te amar."

"O tempo é longo, então faço menor a distância."

"Estou na sua frente, olhe para mim."

SIMONE KRAMBECK

Nem tudo é real, mas existem verdades!